Diogenes Taschenbuch 23435

de
te
be

Banana Yoshimoto

Sly

Roman

Aus dem Japanischen von
Anita Brockmann

Diogenes

Titel der 1996 bei
Gentosha Publishing Co., Ltd., Tokyo,
erschienenen Originalausgabe: ›Sly‹

Die deutsche Erstausgabe
erschien 2002 im Diogenes Verlag
Die deutschen Übersetzungsrechte
mit der Genehmigung von Gentosha Publishing Co., Ltd.,
unter Vermittlung des Japan Foreign-Rights Center
Umschlagillustration von Masumi Hara

Veröffentlicht als Diogenes Taschenbuch, 2004

www.diogenes.ch
100/04/44/1
ISBN 3 257 23435 X

Inhalt

Ein Hinweis und eine wunderschöne Morgendämmerung in Japan

Seltsam, ich kann mich noch ganz genau an jenen Nachmittag erinnern. Es war der Tag nach Takashis Einweihungsparty.

Draußen war es heiter. Ich sah den blauen Himmel und das Licht der Sonne vor dem Fenster. Im Gegensatz dazu war es im Wohnzimmer ganz düster. Hier ging etwas zwischen uns zu Ende, und gleichzeitig nahm etwas anderes seinen Anfang.

Obwohl wir uns mitten im Gespräch befanden, hatten sich meine Gefühle längst daraus verabschiedet und irrten haltlos umher. Als seien sie lebendig, betrachtete ich die Sonnenstrahlen draußen, die fröhlich auf dem Küchenfenster mir gegenüber zu tanzen schienen. Ich erinnere mich noch genau.

Dies ist die Geschichte einer Reise, die nicht mehr als zehn Tage dauerte. Ich hatte keine Erwartungen in diese Reise gesetzt, sie diente keinem besonderen Zweck, selbst nicht dem, uns aufzumuntern. Ich, wir haben uns einfach nur von einem Ort zum anderen treiben und von schönen Landschaften begleiten lassen. Ziellos, hoffnungslos. Trotzdem hat es auch Augenblicke gegeben, die uns irgendwie schön, die uns irgendwie außergewöhnlich erschienen. Es ist eine kleine Geschichte, die eben jene Momente nachzeichnen soll.

Einer nach dem anderen trudelten an jenem Abend insgesamt etwa fünfzehn Leute bei Takashi ein. Alles Menschen, die ich seit ungefähr fünf Jahren nicht mehr gesehen hatte. Es gab zu essen und zu trinken, ich war seit langer Zeit mal wieder betrunken, und die Nacht verging, ohne daß ich ein Auge zugetan hätte.

Erst als schon fast der Tag anbrach, waren alle gegangen, nur Hideo, der das gesamte Essen für den Abend vorbereitet hatte, und ich waren noch da. Ich spülte und räumte auf. Hideo war so sehr damit beschäftigt gewesen, jedem, der gehen wollte, etwas von dem restlichen Essen mitzugeben, daß er darüber geblieben war.

Es war schon merkwürdig, daß Mimi, Takashis Freundin, in dieser Nacht nicht nach Hause kam. Die beiden waren nämlich erst vor einem Monat zur Miete in dieses alte japanische Haus gezogen, und das hätte ihre Einweihungsparty sein sollen.

Aber am besten erkläre ich hier erst einmal, in welcher Beziehung Hideo und ich zu Takashi stehen.

Ich bin Takashis Freundin gewesen, seine erste Frau. Das betone ich deshalb, weil er eigentlich nur auf Männer steht. Takashi und ich trafen uns, als ich siebzehn war, vor mehr als zehn Jahren also. Wir haben ziemlich lange zusammengelebt, bis wir uns schließlich doch trennten.

Auch Hideo war Takashis Geliebter. Die beiden hatten sich kennengelernt, während Takashi mit der Innenausstattung der Bar beschäftigt war, die Hideo als Geschäftsführer leitete. Als sich Takashi dann jedoch bis über beide Ohren in die Künstlerin Mimi verknallte, mit der er jetzt zusammenwohnte, hatten er und Hideo sich getrennt. Das war vor gut drei Jahren.

Seither gehen wir jedenfalls alle wie ganz normale Freunde miteinander um. Das mag daran liegen, daß Mimi genau wie Hideo oder ich ausgesprochen umgänglich ist, oder daran, daß jeder von uns das tut, was ihm gefällt, und ihm alles, was über den Moment hinausreicht, egal ist. Vielleicht hat es auch damit zu tun, daß wir alle im gleichen Alter sind und in ähnlichen Berufen arbeiten. Es könnte aber auch sein, daß zwischen uns tatsächlich so etwas wie wahre Freundschaft entstanden ist.

Ich will nicht behaupten, daß es nicht für jeden von uns auch schwierige Momente gegeben hätte, aber mit der Zeit hat sich das bereinigt. Geblieben ist schließlich nur die Freude darüber, sich mit Leuten treffen zu können, mit denen man sich versteht, und das Vergnügen daran, sich mit ihnen gut zu unterhalten.

»Was ist mit Mimi?« Während ich die Teller abspülte und einräumte, sprach ich Takashi mehrmals direkt darauf an, bekam aber nur vage Antworten wie: »Die kommt noch«, oder: »Tja, vielleicht übernachtet sie im Atelier?«

Hideo und ich tuschelten hinter seinem Rücken darüber und kamen zu dem Schluß: »Die beiden hatten bestimmt Streit.«

Als alles wieder an seinem Platz war, hellte sich von Osten her der Himmel auf.

»Laßt uns doch nach draußen gehen und etwas von dem

Dessert essen, das wir im Kühlschrank vergessen haben!« meinte Hideo. Deshalb war ich schon mal allein vorgegangen, hatte mich auf dem kühlen Gras ausgestreckt und betrachtete den zart gefärbten Himmel.

Im Garten des Hauses steht ein Kampferbaum. Mit furioser Kraft, begleitet von Wind und Licht, brach plötzlich der Morgen durch die Windungen seiner großen, knorrigen Äste und die Lücken in seinem dunklen, dichten Blattwerk. Rosa, helles Blau und Gold – für mich die hoffnungsträchtigste Farbkombination, die es gibt auf der Welt.

Ich bin Schmuckdesignerin.

Bei meiner Arbeit wähle ich häufig die Morgendämmerung als Motiv für neue Entwürfe. Mit den verschiedensten Materialien versuche ich, dieses Gefühl der Zuversicht zu erzeugen. Durch Gold, rosafarbenen Turmalin, Amethyst und blauen Topas. Aber vor der überwältigenden, unendlichen Weite und den sanften, zarten Farben der wirklichen Morgendämmerung erscheinen mir meine bescheidenen Bemühungen fast erbärmlich.

Takashi kam dazu und setzte sich neben mich.

Anschließend brachte Hideo die Schüssel mit dem Erdbeergelee.

Es war halb gefroren, weil es so lange im Kühlschrank gestanden hatte, aus frischen Erdbeeren zubereitet und kristallklar. Es gab ein herrlich kaltes Gefühl auf der Zunge und war das Beste, was man hier und jetzt hätte essen können. So saßen wir drei still nebeneinander, aßen unser Gelee, tranken reihum von dem Champagner, der noch in der Flasche war, und betrachteten den Himmel über Tokyo, der sich langsam aufhellte.

Das Morgenlicht auf Hideos bleichen Wangen, Takashis männliche, knochige Finger, die aus seinen Ärmeln hervorlugten, das Gefühl, wie der Morgentau aus dem weichen Boden unter der Grasnarbe langsam zu meinem Po durchdrang, und dazu der sanfte, kühle, beinahe schon kalte Windhauch. Das alles war einfach zu vollkommen. Plötzlich mußte ich weinen.

Die Freunde ließen meine Tränen unkommentiert und betrachteten den Himmel und den Baum wohl mit ähnlichen Empfindungen.

Der Eindruck, daß es nie wieder einen erfüllteren Moment geben würde, hat sich bis heute immer und immer wieder bestätigt.

Man kann sich die Welt wie ein Gefüge aus massiven Holzklötzchen vorstellen oder wie eine duftende Blume, die sich immerzu sanft verändert… In meinem Zustand war ich mir dieser beiden Erkenntnisse gleichzeitig bewußt.

Dann, als sich der Himmel gleichmäßig aufgehellt hatte und ein ganz gewöhnlicher Morgen heraufgezogen war, wurden wir müde. Hideo und ich hatten keine Lust mehr, nach Hause zu gehen, also richtete Takashi uns Futons im Gästezimmer seines Hauses her, und wir legten uns schlafen.

Als ich die Augen aufschlug, war der Himmel vor dem Fenster strahlend blau – ein letzter Gruß der Morgendämmerung. Mein Rausch war leicht wie ein Dufthauch, der noch in der Luft hängt, doch ich spürte den Alkohol nach wie vor deutlich in den Knochen. Da Hideo auf dem anderen Futon noch fest zu schlafen schien, stand ich auf, um zu duschen. So hatte ich schon lange nicht mehr bei jemandem übernachtet. Ich fühlte mich irgendwie in meine Studentenzeit zurückversetzt, als ich noch mit Takashi zusammenwar.

Mimi war anscheinend immer noch nicht nach Hause gekommen.

Nachdem ich geduscht und mich umgezogen hatte, hörte ich Stimmen und dachte: Aha, Mimi ist zurück. Ich verließ das Bad und ging ins Wohnzimmer.

Aber dort war gar nicht Mimi; nur Hideo und Takashi mit ernsten Mienen. Ihre Ernsthaftigkeit hatte die Atmosphäre so stark verändert, daß ich das Gefühl hatte, mich nicht einmischen zu dürfen, und ich fragte spontan:

»Es ist wohl besser, wenn ich nach Hause gehe, wie?«

»Nein, bleib ruhig da, Kiyose«, sagte Hideo. »Komm, setz dich zu mir, und hör einfach zu.«

»Ich misch mich nicht ein, wenn zwei ein Problem haben«, antwortete ich.

»Darum geht es gar nicht«, erwiderte Hideo.

»So schlimm ist es auch wieder nicht«, meinte Takashi.

»Was? Die Sache mit Mimi?«

»Ja, das auch.«

Es sah ganz so aus, als wäre Hideo erleichtert, daß ich jetzt auch da war. Er hatte doch noch bis gerade eben fest geschlafen – wenn sich die Situation in der kurzen Zeit, als ich unter der Dusche stand, so unverhofft zugespitzt hatte, konnte es sich nur um ein belangloses, vom Alkohol verkatertes Gespräch handeln, und so betrat ich das Wohnzimmer ohne allzu schlimme Befürchtungen.

»Wie wär's, soll ich uns Kaffee machen?« fragte ich. Als ich ihn aufbrühte, wurde das Wohnzimmer von einem angenehmen Duft erfüllt, der die Lebensgeister weckte. Das

Küchenfenster war in Licht getaucht. Wenn ich die Augen schloß, färbte es sich rot hinter meinen Lidern.

»Mmm, lecker!« Hideo trank von dem Kaffee; er schien ihm gutzutun. Und dann sagte er es.

»Also, es geht darum: Takashi ist HIV-positiv.«

In diesem Moment schlug die Stimmung im Zimmer um. Ein überbordender Strom von Emotionen wirbelte durch den Raum und verkehrte die Atmosphäre.

Das haute mich einfach um, und ich dankte dem Himmel dafür, nichts Unpassendes von mir gegeben zu haben.

»Aha«, sagte ich und fuhr mit zitternder Stimme fort: »Ähm, soll ich mal Musik machen?«

Takashi lachte, stand auf, ging zur Stereoanlage und schaltete sie ein*.

Wandern, das Meer hinter sich lassen,
bis ich ein Zuhause finde, so wie jeder.
Wandern, wandern –
dorthin, wo wir das tun können, was uns gefällt.

Es kommt mir vor, als seien tausend Jahre vergangen,
ich fühle mich jünger als je zuvor.
Es kommt mir vor, als sei die Welt mein Zuhause,
ich kenne jeden Menschen, der mir begegnet.

Ich kann den Klang der Glocken hören,
den ich schon einmal vor tausend Jahren vernommen habe…

*Der folgende Text ist eine Übertragung des englischen Songs ›SLY‹ der Band *Massive Attack*.

Da wir alle noch ein wenig betrunken waren, schwiegen wir und lauschten seltsam angespannt der Musik.

Bis ich mich wieder faßte, konnte ich allem entfliehen und war für eine kleine Weile in einer anderen Welt.

Takashi hatte die Augen geschlossen und nahm den Rhythmus in sich auf.

In diesem Körper hat sich also ein Virus eingenistet, dachte ich verwundert. Und dabei merkt man gar nichts davon, wenn man ihn so ansieht.

Nach einer Zeit des Schweigens machte ich schließlich den Mund wieder auf: »Ist das übrigens auch der Grund, warum Mimi nicht hier ist?«

Da wir für eine Weile in wortloser Stille versunken waren und die Musik uns Kraft gegeben hatte, waren wir jetzt etwas ruhiger.

»Bis ihr Untersuchungsergebnis da ist, übernachtet sie im Atelier«, antwortete Hideo.

»Das ist ja konsequent«, sagte ich. Mimi ist der selbstsicherste Mensch, den ich kenne. Jedenfalls verhält sie sich so, daß sich einem deutlich mitteilt, wie ungeheuer selbstbewußt sie ist. Doch was reden wir hier überhaupt, dachte ich. Das kratzt doch alles nur an der Oberfläche. Den Kern trifft es nicht.

»Ihr habt euch aber doch nicht wirklich getrennt, oder?« fragte Hideo.

»Wir dachten, jeder von uns sollte sich das besser alleine durch den Kopf gehen lassen, bis Mimis Ergebnis vorliegt. Wie auch immer, im Moment können wir ja doch nur beide an uns selbst denken«, sagte Takashi. »Ihr solltet auch besser einen Test machen lassen. Sicherheitshalber.«

»Jetzt hör aber auf! Zwischen uns ist ja wohl in letzter Zeit nichts mehr gelaufen«, antwortete ich.

»Trotzdem, es ist besser! Schließlich hab ich keine Ahnung, wann ich mich infiziert habe«, meinte Takashi. Was das Thema Aids betrifft, hatte ich nur äußerst vage Kenntnisse, eigentlich überhaupt keine.

»Und was ist mit mir? Wär wohl auch besser, wie?« fragte Hideo.

»Das ist doch wohl klar!« sagte ich.

»Wahrscheinlich hast du recht. – Wollen wir zusammen gehen?« fragte mich Hideo.

»Gute Idee, machen wir.«

»Bei mir ist die Wahrscheinlichkeit bestimmt größer.«

»Die ist für uns beide genau gleich groß! Sei's drum, wir gehen! Wann?«

»Wann es dir paßt, Kiyose.«

»Ich hab nächste Woche Zeit.«

Als wir unsere Terminkalender hervorgekramt hatten und sie schweigend prüften, kamen Takashi plötzlich die Tränen. Ich erschrak, denn schließlich war er überhaupt nicht der Typ, der in Gegenwart anderer weint. Man spürte förmlich, wie schwer die Ereignisse der letzten Zeit auf ihm lasteten. In diesem Moment gab es in meinem Herzen nur noch Platz für Takashi. Takashi, Takashi, Takashi, Takashi… ich konnte an nichts anderes mehr denken und wiederholte seinen Namen immer und immer wieder in meinem Herzen.

»Ihr werdet euch wohl nie ändern.« Er hatte angefangen wie ein Baby zu flennen, deshalb rückten wir ganz nah an ihn heran und hielten seine Hand.

»Mach dir keine Sorgen, wir bleiben bis zum Schluß bei dir«, sagte Hideo.

Könnte er das nicht etwas zurückhaltender ausdrücken? fragte ich mich, doch da es mich zutiefst bewegte, wie Hideo seine unrasierte Wange mit ihren Bartstoppeln an Takashis legte und dessen Hand hielt, schwieg ich.

»Wenn es ans Sterben geht, ist jeder mit sich allein, doch im Tod sind wir alle gleich«, stellte Hideo fest.

Als er zur Mittelschule ging, waren seine Eltern und sein Bruder bei einem Feuer ums Leben gekommen. Er hatte als einziger überlebt, weil er damals bei einem Freund übernachtete.

Die Worte kommen bei ihm direkt aus dem Herzen, und egal, was er sagt, selbst wenn es die größten Selbstverständlichkeiten sind, es klingt nie verlogen, sondern immer aufrichtig.

»Noch ist die Krankheit nicht ausgebrochen, oder?« fragte ich.

Takashi schüttelte den Kopf, weinend an Hideos Brust gelehnt.

»Du weißt doch, das kann sich noch lange hinziehen. Wenn alles gutgeht, sogar noch zig Jahre. Da kann man noch so vieles machen!« sagte ich.

Es bestand also tatsächlich die Möglichkeit, daß es auch in meinem Körper ausbrechen würde?

Ich konnte es einfach nicht fassen.

In meinem Bewußtsein ist der Sinn für »Widerstand« ohnehin nur sehr schwach ausgeprägt, und so war es auch damals. Selbst in so einem Moment ist es bei mir völlig normal, daß die Wirklichkeit ungebremst, mit der Geschwindigkeit eines Augenaufschlags durch meine Seele rast und versucht, mich mit den veränderten Umständen vertraut zu machen. Ich betrachtete die Gerbera, die in einer Vase auf dem Tisch stand, auf dem wir gestern das Essen aufgebaut hatten, und dachte: Irgendwie unglaublich, diese Farbe.

Frisch wie eine Frucht, lebendig wie ein Schmetterling.

Wenn ich die Zeit, die ich mit Takashi verlebt hatte, mit einer Farbe vergleichen sollte, dann mit einer so weichen, kräftigen Farbe. Die glücklichen Zeiten, die ich mit diesem einzigartigen Menschen verbracht hatte, sind durch nichts zu ersetzen.

»Ihr seid nicht sauer?« fragte Takashi. Endlich hatte er aufgehört zu weinen.

»Nein, und selbst, wenn ich mich angesteckt hätte, würde ich mir trotzdem nicht wünschen, dir nie begegnet zu sein. Das hat doch damit nichts zu tun. Einen anderen würde ich vielleicht hassen, aber bei dir, Takashi, würde ein solches Gefühl wahrscheinlich nicht einmal dann zum Vorschein kommen, wenn man mich unter Hypnose danach befragen würde«, sagte ich.

»Das geht mir genauso. Und außerdem habe ich da drüben viele Verwandte, die nur darauf warten, daß ich endlich zu ihnen komme«, sagte Hideo, und an mich gewandt: »Was nützt es schon, wenn wir uns aufregen, stimmt's, Kiyose?«

»Genau!«

Auch wenn ich allein bin, entwickle ich normalerweise keine extremen Gefühle, und jetzt, da ich mit Hideo zusammen war, der sich noch weniger aus der Ruhe bringen läßt, wurde ich noch unbefangener.

Darin liegt vermutlich auch der Schlüssel zu unserer Freundschaft. So jedenfalls sehe ich das.

Mit Takashi ist das anders. Takashi, das ist die Blüte meiner Jugend, mein Lichtstrahl, meine intensivste, süßeste und schmerzlichste Erinnerung. Daß von den Gefühlen von damals nichts mehr geblieben ist, ändert nichts daran, daß ich ihm eine Freundin bin. Und trotzdem: Schon allein der Gedanke an die Kiyose jener Tage löst etwas sehr Lebendiges in meinem Innersten aus. Mag man es nun Erinnerung nennen oder Leidenschaft, für mich ist Takashi ein Mensch vergleichbar einem Kristall, in dem ein wunderschönes Mineral namens Vergangenheit eingeschlossen ist.

Doch gerade deshalb fiel es mir so schwer zu glauben, daß es plötzlich so viel wahrscheinlicher geworden sein sollte, daß er früher aus dieser Welt scheiden würde als ich. Das machte mich total traurig.

»Laß uns ein andermal drüber nachdenken«, sagte Hideo.

»Du hast recht. Wir sind jetzt alle ganz durcheinander«, sagte ich. Takashi schwieg und nickte.

Ich brühte noch einmal Kaffee auf, und Takashi legte eine andere CD ein. Wir alle schwiegen, lauschten der Musik oder legten uns hin und blätterten in einer Zeitschrift. Als wir hungrig wurden, nahmen wir uns von den Resten und tranken wieder frisch aufgegossenen Kaffee oder Tee.

Ganz so, als sei nie etwas gewesen.

Ein bedeutungsvoller Nachmittag – irgendwie.

Der Test, Sehnsucht nach Natur und ein nächtlicher Anruf

Hideo und ich hatten uns vor dem K.-Krankenhaus verabredet.

Drinnen mußten wir ein Anmeldeformular ausfüllen, und man nahm uns Blut ab.

»Allein wäre ich wahrscheinlich zu feige gewesen«, sagte Hideo aufrichtig; daß er aber bedenkenlos den Namen »Takashi Hosoya« in das Formular eingetragen und den Test somit einfach unter Takashis Namen und Adresse hatte durchführen lassen, war eine typisch schwule Gemeinheit.

Ich hatte selbstverständlich meinen eigenen Namen und die richtige Adresse angegeben. Ich brauchte keine schriftliche Bestätigung über das Ergebnis, also füllte ich die Spalte dazu gar nicht erst aus.

Es hieß, man würde uns das Ergebnis zwei Wochen später und zwar ausschließlich in einem persönlichen Gespräch mitteilen. Sollten wir, egal warum, ohne den Durchschlag des Anmeldeformulars erscheinen, würde man uns unter keinen Umständen über das Resultat in Kenntnis setzen.

»Wie wär's, wenn ich deine Kopie an mich nehme, damit du sie nicht verlierst?« bot mir Hideo an. Ich lehnte jedoch ab, denn ich vermutete, daß er das nicht aus purer Freundlichkeit sagte, sondern aus Angst, dann allein wiederkommen und sich das Ergebnis anhören zu müssen.

»Hast du nicht damals, als wir zusammen ins Onsen* gefahren sind, die Bahnkarten verloren, die du für uns alle aufbewahren solltest?« erklärte ich. Aber Hideo behauptete: »Das war doch was ganz anderes.«

Als wir nach draußen kamen, war die drückende Krankenhausluft sofort wie weggeblasen. Der Himmel war so blau, daß es fast blendete. Als wir zurückblickten, ragte das hohe Gebäude in den Himmel hinein und beherrschte seine Umgebung.

»Und an einem so schönen Tag leben da drinnen lauter Kranke…«, stellte Hideo fest.

»Die Vorstellung, dort irgendwann einmal ein und aus gehen zu müssen, ist wirklich schrecklich«, antwortete ich.

Wenn man krank ist, ist es gar nicht so schlimm, im Krankenhaus zu sein. Ich kann das beurteilen, denn ich wurde schon einmal wegen irgendeiner Lappalie eingewiesen. Aber wenn man gesund ist, erscheint einem der Gedanke an das Krankenhaus völlig abwegig. Das Zusammenspiel von Körper und Geist funktioniert beim Menschen eben wirklich gut.

Das Restaurant vor dem Krankenhaus, in dem wir zu Mittag aßen, hieß PR.

Auf den ersten Blick wirkte Hideo kein bißchen ernst. Er kleckerte mit Bratensaft, während er in einen riesigen Hamburger biß.

»Die Hamburger hier sind wirklich köstlich«, sagte er.

* Onsen: landschaftlich meist schön gelegene Kurorte mit heißen Quellen, die man gerne für einige Tage zur Erholung aufsucht. (A. d. Ü.)

Auf seine Empfehlung hin hatte ich einen Cheeseburger bestellt und kämpfte nun ebenfalls mit dem Bratensaft.

»Wieso kennst du ein Restaurant, das so weit draußen liegt?« fragte ich ihn.

»Weil ich früher schon einmal mit einem Freund hier war. Und weil dieses Krankenhaus dafür bekannt ist, als eines der ersten in die Aidsforschung eingestiegen zu sein. Bei unsereinem ist die Wahrscheinlichkeit sich anzustecken nun mal ziemlich groß. Das Gesundheitsamt führt den Test zwar gratis durch; denkt man aber auch an die anschließende Versorgung, dann läßt man ihn besser im Krankenhaus machen. Eine Zeitlang haben wir die Tatsache, daß wir zum Test gegangen sind, mit ›Wir gehen Hamburger essen‹ umschrieben.«

»Was ist aus deinem Freund geworden?«

»Er ist tot.«

Es gibt Leute, die, ohne daß sie es selbst darauf anlegen würden, relativ häufig mit dem Tod eines Menschen konfrontiert werden, das steht ganz außer Frage. Hideo scheint so jemand zu sein. Warum das so ist, ist mir ein Rätsel, doch wenn ich sterbe, wäre es schön, einen so gelassenen Menschen wie ihn in meiner Nähe zu wissen, dachte ich. Das scheint seine Bestimmung zu sein, vielleicht ist er ja ein Engel.

Die Aura des Sichfügens, die Hideo umgibt, und der Ausdruck in seinen Augen, die irgend etwas Großes gesehen haben, das nicht mehr zu ändern ist, treiben mich seltsamerweise nicht in die Verzweiflung. Wenn ich mit ihm zusammenbin, kommt es mir manchmal vor, als hätte ich eine Ahnung von dem, was man Ewigkeit nennt, so wie man in alten Gemäuern meint, das Lärmen des jahrhundertealten Treibens darin wahrnehmen zu können.

»Du hast sicher viel zu tun? Laß uns einen Tag ausmachen, an dem wir herkommen, um das Ergebnis abzuholen«, schlug ich vor.

»Du hast recht.«

Um den Mund noch ganz verschmiert, zückte er sein Notizbuch und begann nach einem Termin zu suchen. Er kommt mir äußerst lebendig vor, dachte ich.

Als ich zur Mittelschule ging, habe ich einmal in einem Hospiz in den Bergen gejobbt.

Dort lernte ich einen Jungen im Grundschulalter kennen, der später an Lungenkrebs gestorben ist. Der sagte zu mir: »Nimm bloß keine Rücksicht auf mich, nur weil ich krank bin. Für mich wäre jetzt eine kleine Schwester am bequemsten, die sich mit mir streitet.« Und altklug fügte er hinzu: »Wenn du wüßtest, woran ich alles denken muß.«

Er hatte das Wort bequem zwar falsch gebraucht, aber die Tatsache, daß er mir dieses Wort hatte mitteilen wollen, hinterließ einen bleibenden Eindruck bei mir.

Während er das sagte, stopfte er die Plätzchen in sich hinein, die ich gebacken hatte. Sein Mund arbeitete rastlos, wie bei einem Eichhörnchen. Krümel klebten an seinen Mundwinkeln und waren über das ganze Bettlaken verstreut.

So was nenne ich lebendig, dachte ich. Der gleiche Mund, der am Vortag noch ein starkes, schmerzstillendes Mittel eingenommen hatte, verschlang jetzt süßes Gebäck.

Egal ob etwas schön ist oder schmutzig, ob zutiefst anrührend oder völlig unbedeutend, hier und jetzt existiert alles gleichzeitig und wird schon morgen eine andere Form angenommen haben. Jeder pickt sich nur das heraus, was er sehen möchte, und wird so dazu angetrieben weiterzugehen, dachte ich.

Seit jener Zeit muß ich jedesmal, wenn ich jemanden mit Essensresten um den Mund sehe, automatisch daran denken, wie nah Leben und Tod beieinanderliegen.

»Vielleicht gibt es noch irgend etwas für mich zu tun?« Takashi hatte mich angerufen, und auf dem Weg zu ihm dachte ich darüber nach.

Als ich nach Tokyo kam, war ich siebzehn, ging auf die Fachhochschule für Kunst und studierte Design. Ich interessierte mich für Schmuck und arbeitete zunächst für ein großes Unternehmen, für das ich Schmuckentwürfe zeichnete. Aber während ich die immer gleichen vorgegebenen Entwürfe ausführte, war mir, als würde ich allmählich etwas begreifen.

Ich bekam das Gefühl, als wüßten die Steine aus sich heraus, welche Form sie annehmen wollen. Wenn man bei der Gestaltung dagegen verstößt, verliert ein Stein seine Vitalität.

Seit jeher habe ich eine Vorliebe für alte Gemäuer. Mein besonderes Interesse gilt aber den Grabbeigaben und Schmuckgegenständen, die man aus ägyptischen Ausgrabungsstätten geborgen hat. Ich versuchte, ähnliche Schmuckstücke herzustellen, und zeichnete Entwürfe, die ich überallhin mitnahm. Bei einem Freund, der in einem Atelier arbeitete, das geschäftlich mit meiner Firma zu tun hatte, kaufte ich billiges Material und fehlerhafte Steine, und er fertigte mir daraus heimlich Muster. Die zeigte ich überall herum, und wenn sie jemandem gefielen, verkaufte ich sie.

Nachdem ich das lanciert hatte und das Inhaberehepaar des Schmuckgeschäfts, in dem meine Arbeiten angeboten werden, Gefallen daran gefunden hat, kann ich nun freiberuflich für sie arbeiten. Auch sie haben ein Faible für Archäologie. Sobald die beiden auch nur etwas Zeit erübrigen können, klappern sie die Grabungsstätten dieser Welt ab. In ihrem Geschäft bieten sie von mir vorgefertigte Stücke an, ich produziere aber auch auf Bestellung. Hin und wieder arbeite ich im Laden. Und ich jobbe weiterhin für das große Unternehmen, für das ich Entwürfe zeichne. Eine wirklich glückliche Entwicklung.

Aber es gibt noch so vieles, was ich gerne tun würde.

Einen Großteil ihres Schmuckangebots kaufen die Inhaber in London. Extravagante, antike Arbeiten oder Repliken, das ist im wesentlichen der Stil der Stücke, die sie verkaufen.

Doch anders als das große Unternehmen lassen sie mir durchweg freie Hand, und wenn ich ihre Anregungen aufgreife, kommen dabei immer feine, schlichte Arbeiten heraus. Eines Tages möchte ich nach meinen Vorstellungen eine Verkaufspräsentation im Stil einer Kunstausstellung organisieren. Angefangen beim Ausstellungsraum möchte ich alles selbst gestalten und einen Bereich schaffen, in dem der Stimme der Steine Gehör verschafft wird. Und dann würde ich mich mit dem jeweiligen Auftraggeber besprechen und versuchen, ein reines, ganz auf seine Person hin zugeschnittenes Schmuckstück zu entwerfen.

Ja, die Steine wissen, wie man sie schneiden und gestalten muß. Meine Aufgabe ist es, bei der Gestaltung diese Kenntnis im Einklang mit den Steinen umzusetzen. Natürlich sind auch Edelmetalle lebendig. Platin, Gold oder Silber – sie alle tragen das Wissen in sich, wie man die ihnen innewohnende Vitalität richtig zur Geltung bringen kann.

Die Menschen von einst wußten noch viel, viel mehr darüber und machten sich die Kraft der Materialien für religiöse Rituale zunutze. Bevor ich sterbe, möchte ich ihrer Weisheit wenigstens ein Stückchen näherkommen.

Wieder strahlten die Sterne durch eine dünne Wolkendecke vom Himmel, ein typischer Frühlingsabend.

Die Atmosphäre war erfüllt vom Hauch dieser Jahreszeit. Sie verströmte einen Zauber, der jeden dazu brachte, sich leichte Sachen anzuziehen, und der alles irgendwie zu beschleunigen schien.

Die Knospen der Kirschbäume waren aufgesprungen, als wollten sie jeden Augenblick ihren weichen, kräftigen Duft in die Frühlingsluft entlassen.

Wie oft werde ich in meinem Leben wohl noch die Kirschblüte sehen? fragte ich mich.

Was auch immer geschehen würde, allzu häufig würde es nicht mehr vorkommen.

Und ich erinnerte mich an eine Dokumentation, die ich am Vortag im Fernsehen gesehen hatte. Es ging um Krebs im Endstadium und um Sterbehilfe.

Ein alter Mann, der an Krebs im Endstadium litt, war zwischen dem Wunsch nach einem schnellen Ende und der radikalen Ablehnung von Sterbehilfe hin- und hergerissen. Bei ihm war eine alte Dame, seine Frau. Und da war der berstend grüne Garten ihres friedlichen Heims. Dort erzählte die alte Frau völlig lakonisch: Sonst habe sie um diese Zeit seine Pullover in die Reinigung gegeben, aber in diesem Jahr sei ihr das nicht möglich gewesen. Die Vorstellung, ihr Mann werde die Sachen im nächsten Jahr nicht mehr tragen können, gehe ihr einfach zu nah.

Hätte man das ohne Ton gesehen, hätte man es beinahe für eine Sendung über Gartenbaukunst halten können, so friedlich war es auf dem Bildschirm. Der schwerwiegende Inhalt ihrer Schilderungen, die bedrückende Trauer darüber, daß den Menschen immer wieder durch den Tod Einhalt geboten wird, vermittelte sich allein durch die unbändige Lebenskraft, die das Grün im Garten verströmte.

In der Hotellobby war es strahlend hell. Wenn man unvermittelt aus der Dunkelheit von draußen eintrat, fühlte man sich wie geblendet. Die Leuchter funkelten beinahe übertrieben, unter ihnen tranken Menschen Tee oder unterhielten sich über irgend etwas. Obwohl dabei alle für sich waren, spielten sie zusammen unerklärlicherweise eine einzige ruhige Musik, die diesem Ort seine Gestalt verlieh.

Takashi war schon da und trank Kaffee.

Ein Freund ist für mich stets eine angenehme, fröhliche Erscheinung. Er wartet in einer Haltung, die mir wohlvertraut ist.

Das ist doch irgendwie mysteriös, ging es mir durch den Kopf.

Meine Augen korrigierten das Bild, das ich sah, so, daß es sich dem Bild annäherte, das ich mir im Geiste geschaffen hatte.

»Ah, Kiyose.« Takashi war aufgestanden. »Wollen wir was essen gehen?«

»Ja, aber ich hab eigentlich nicht so viel Hunger.«

»Was hältst du davon: Wir essen hier eine Kleinigkeit und gehen danach in die Bar?«

»Ja, gut.«

Ich spürte, wie in unserer friedlichen und langweiligen Welt bereits irgend etwas Schlimmes begonnen hatte, erste Wurzeln zu treiben.

Etwas Zartes, Kleines. Vorzeichen einer sich andeutenden Spannung.

Obwohl es sich schon letztes Mal, als wir uns verabredet hatten, in Takashis Körper aufgehalten haben mußte, hatte ich es nicht wahrgenommen.

Als ich Takashi damals, ohne die leiseste Ahnung, in Shinjuku* getroffen hatte, haben wir beide, jeder für sich in eine Zeitschrift vertieft, schweigend im Café gesessen, unseren Tee getrunken, uns interessante Artikel unter die Nase gehalten und gelacht.

Draußen vor dem Fenster konnte ich den Bahnhof sehen. Viele Menschen gingen vorbei. Sie unterhielten sich. »Und was machen wir jetzt?« – »Laß uns im ›Haiti‹ eine Kleinigkeit essen.« – »Ich würde dann lieber zu ›Nakamuraya‹ gehen« und so weiter.

Eigentlich war mir schon immer bewußt, wie wichtig derart alltägliche Augenblicke sind, doch aus heutiger Sicht erscheinen mir diese Tage in ein göttliches Licht getaucht, wie hinter einem fernen Schleier.

*Shinjuku: eines der großen Einkaufs- und Vergnügungsviertel im Innenstadtbereich Tokyos. (A. d. Ü.)

»Die wärmende Hand Gottes schützt die Kinder und verspricht ihnen einen ewigen Traum.« Ich konnte an nichts anderes denken als an dieses Gefühl.

Ich will wieder zurück, ganz egal, wie langweilig es ist, ganz egal, ob dann alles so bleibt, wie es immer war, dachte ich. Ich hielt ganz fest den Atem an. Mit aller Kraft, als wollte ich verhindern, mich zu übergeben.

Wenn ich doch nur zurück könnte.

Wir setzten uns an den Tresen, und als ich mir die Regale anschaute, sah ich darauf Flaschen in allen möglichen Formen und ordentlich nebeneinander aufgereihte Kristallgläser, die das Licht reflektierten und mich schrecklich blendeten.

Unverschämt aufdringlich erschien mir die introvertierte »schöne Wirkung«, die neuerdings meine Seele heimsuchte, und es gelang mir trotz aller Willensanstrengung nicht, etwas dagegen zu unternehmen. Je mehr ich mir vornahm, dieser Gefühlsduselei endlich ein Ende zu setzen, um so schöner kam mir ironischerweise die Welt vor.

»Ist Mimi wieder zurück?«

»Noch nicht.«

»Hat sie ihr Ergebnis etwa immer noch nicht?«

»Sie meint, es würde in zwei bis drei Tagen vorliegen. Ich nehme an, sie wird sich melden …«

Gerade als Takashi dachte, er stünde fest in den Startlöchern zu einem gemeinsamen Leben mit ihr, hatte er sich plötzlich viel grundlegenderen Gedanken zuwenden müssen. Er hatte sogar erkennen müssen, daß es diese Startlöcher gar nicht gab. Sie waren bloß eine Metapher, die die Menschen sich ausdachten, um sich nicht zu langweilen.

»Ich weiß doch auch noch nicht, wie ich mich anderen gegenüber verhalten soll. Wie soll das nur weitergehen?« fragte Takashi.

»Wie sollte es denn weitergehen?«

»Ich will mich nicht von ihr trennen! Aber das kann ich ihr doch unmöglich so sagen.«

Immer, wenn Takashi sich nicht eingehend mit etwas auseinandersetzen möchte, entwickelt er eine äußerst behäbige Art, über die Dinge nachzudenken. Ich habe ihn schon oft deswegen aufgezogen, aber heute will ich ihm das mal durchgehen lassen, dachte ich.

Ich konnte mir vorstellen, daß es Mimi vielleicht besser gefiele, wenn er wütend wäre oder losheulen würde, aber auch das behielt ich für mich. Solche Dinge kann man nicht erzwingen und folglich auch keinen solchen Rat erteilen.

»Bitte sag mir auch, wie dein Ergebnis ausfällt, Kiyose.«

»Na klar«, erwiderte ich.

Wie eine wabernde Wolke umgab mich noch immer das Gefühl, daß das, worüber wir hier redeten, völlig an den Haaren herbeigezogen wäre.

Der Traum vom ewigen Freund... »Danke, daß du heute Zeit für mich hattest«, »Bis nächste Woche«, »Was ist eigentlich aus der Sache von neulich geworden?« – Ja, solche Sätze wiederholt man immer wieder, bis einer von beiden eines Tages stirbt, und der Traum ist aus, begriff ich schlagartig. Der Schock darüber, daß sich alles plötzlich ohne Sinn und Verstand ändern könnte, traf mich wie der gleißend weiße Strahl eines Diamanten und rüttelte mich wach.

Wir unterhielten uns wie in alten Zeiten, darüber war es Nacht geworden.

»Oh, schon ein Uhr? Ich hab gar keine Lust, nach Hause zu fahren«, sagte ich ohne jeden Hintergedanken.

»Nehmen wir uns ein Zimmer?« fragte Takashi.

»Warum nicht.«

Kaum hatte ich das ausgesprochen, war Takashi auch schon aufgesprungen und machte sich auf den Weg, um uns ein Zimmer zu besorgen. In diesem Moment realisierte ich, daß es plötzlich so viel wahrscheinlicher geworden war, daß Takashi vor mir aus dieser Welt scheiden würde. Takashi, den man ohne zu übertreiben als kultivierten, herzensguten Menschen bezeichnen konnte. Der mir aus bloßer Freundlichkeit schwere Taschen trug oder, wenn ich eine Erkältung hatte, sogar zu mir nach Hause kam, um mich mit Essen zu versorgen. Ich verlor die Fassung.

Zu wie vielen Menschen würde ich jemals eine Beziehung aufbauen können, in der, wie gerade eben, schon der Satz »Ich hab gar keine Lust, nach Hause zu fahren« ausreicht, um ohne langwierige Diskussionen den anderen zu veranlassen, mit einem »Ja, dann« ein Zimmer zu nehmen?

»Uhuu...« Ich mußte weinen.

»Was ist denn plötzlich mit dir los?« Erschrocken war Takashi stehengeblieben.

»Diese Ungewißheit...«

»Das ist doch völlig normal.« Er nahm mich in den Arm. Der weiß ja gar nicht, worum es geht, dachte ich. Er ist mir vollkommen fremd. Und doch hatte sich zwischen uns etwas entwickelt.

»Jetzt warte erst mal.«

Takashi rannte zur Rezeption.

Ich heulte mich auf der Toilette richtig aus und beruhigte mich wieder. Als ich zu unserem Platz zurückkam, lief er mir mit einem Schlüssel entgegen.

»Sie hatten noch ein Zimmer.«

»Schön.«

»Na, wieder besser?«

»Tut mir leid, du willst bestimmt andeuten, daß nicht ich hier weinen sollte, sondern du, stimmt's?«

»Ich? Nö, ich hab das schließlich alles noch nicht realisiert«, lachte Takashi.

Ohne es auszusprechen, dachte ich: Wieviel Trost mag Takashi wohl bisher aus seiner unerschütterlichen Haltung und seiner sinnlosen Gelassenheit gezogen haben? Und tief in meinem Herzen bewunderte ich ihn.

Sie hatten nur noch Doppelzimmer, aber wir waren wahrhaftig keine jungen Dinger mehr, die nur daran dachten, miteinander zu schlafen.

Jeder von uns zog sich wortlos auf seine Hälfte des Bettes zurück.

Dann sah ich, wie Takashi es sich gemütlich machte, und verstand endlich.

Heute abend hatte er nicht allein in sein verlassenes Haus zurückkehren wollen.

Er schaltete die Nachttischlampe ein und las in einem Taschenbuch. Es war eine Szene, wie sie mir von früher wohlvertraut war, und er wirkte völlig gesund. Ich war beruhigt. Man hätte alles, was uns in den letzten Tagen widerfahren war, für einen finsteren, bösen Traum halten können.

Nachts bewegt sich der Zeiger der riesigen Uhr langsam und unermüdlich im Rhythmus der Gestirne.

In dieser stillen Nacht kam es mir so vor, als könnte ich die Bewegung des Zeigers sehen und das Ticken der Uhr hören.

»Ach übrigens, Yasuo Yamada* ist gestorben«, sagte ich.

»Oh, hast du mich erschreckt!« Takashi sah mich an. »Ich dachte, du würdest schlafen. Was ist los? Wie kommst du plötzlich darauf?«

»Ach nichts, ich hab nur gerade an eine riesige Uhr gedacht«, antwortete ich.

»Ah, verstehe. So wie der Uhrenturm in dem *Rupansansei*-Film?«**

»Ja, richtig, genau so!«

»Und ich hab gedacht, Yasuo Yamada würde ewig leben!«

»Ich auch.«

»Ich hab auch *Maverick**** gesehen, aber das ist nur ein müder Abklatsch von Lupin.«

»Ist ja auch eine ziemlich klassische Geschichte!«

»Ja: Mann verfolgt Frau, die ihm immer wieder entwischt.«

* Yasuo YAMADA (1932–1995): lieh in dem japanischen Zeichentrickfilm *Rupan Sansei* der gleichnamigen Figur seine Stimme. Die seit den siebziger Jahren in mehreren Staffeln ausgestrahlte Fernsehserie und zahlreiche Verfilmungen im Kinoformat machten ihn zur Kultfigur. (A. d. Ü.)

** *Rupan Sansei* (dt.: *Lupin III.*): eine von Monkey Punch (= Kazuhiko KATO, 1937*) entwickelte Comic- und Zeichentrickserie, die an die Geschichten des Gentleman-Diebes Arsène Lupin von Maurice Leblanc (1864–1941) angelehnt ist. (A. d. Ü.)

*** *Maverick* (dt.: *Maverick*, Regie: Richard Danner, 1994), amerikanische Western-Komödie um den Spieler Brett Maverick, der seine Abenteuer nicht immer erfolgreich besteht. Die Kinoverfilmung greift auf die beliebte Comic- und TV-Serie aus den 50er und 60er Jahren zurück. (A. d. Ü.)

Das Fenster war durch den Vorhang nur halb verdeckt, und man konnte draußen die Lichter sehen. Splitter der Großstadt, die die ganze Nacht über nicht erloschen. Mondscheingleich fielen sie durch das Fenster in das Zimmer.

Wie schön wäre doch jetzt richtiger Mondschein, dachte ich.

So sehr man sein Herz auch öffnen will – unter einem solch milchigen Himmel verpufft jeder Antrieb dazu. Ich wünschte mir eine tiefschwarze Nacht. In der der Mond so rein und weiß leuchtet wie eine echte Perle.

Als ich am nächsten Morgen die Augen öffnete, saß Takashi auf dem Stuhl und trank Orangensaft, den er sich aus der Minibar genommen hatte.

Er hatte das Fenster im Rücken. Als er bemerkte, daß ich aufgewacht war, begrüßte er mich mit einem »Guten Morgen!« und lächelte im Gegenlicht.

Vielleicht hatte er mein schlafendes Gesicht beobachtet.

Egal, was passiert, und egal, wieviel Zeit verstreicht, das, was zwischen uns ist, wird sich wohl nie ändern, dachte ich. Das war mein aufrichtiges Gefühl, unausgesprochen und tief in meinem Innersten verborgen gehalten.

»Wie wär's, wenn du noch ein bißchen schläfst? Es ist noch früh«, sagte Takashi.

»Kannst du nicht mehr schlafen?« fragte ich ihn.

»Hmm, neuerdings stehe ich um diese Zeit immer auf«, antwortete er.

Der Takashi, den ich kannte, liebte kohlensäurehaltige Getränke. Orangensaft trank er so gut wie nie, nur Cola oder Soda-Wasser.

Er schien meine Gedanken zu erraten und sagte: »Ich dachte, ich sollte meinem Körper vielleicht mal was Gutes tun... Aber das werde ich wohl nicht lange durchhalten.«

Das liebliche Licht des Frühlings und ein Wasserspiegel, der es glitzernd zurückwirft. Nur in einer so ruhigen, wohlwollenden Welt kommen wir einander nah.

Das war schon immer so, und so wird es wohl auch bleiben.

Nachts, ich war zu Hause in meiner Wohnung und arbeitete, klingelte das Telefon.

Ich hatte mich zu lange konzentriert, und mir brannten die Augen. Gerade wollte ich mir einen Tee aufgießen und stand in der Küche. Als ich auf die Uhr sah, war es zwei. Das konnte nur ein wirklich guter Freund sein.

Als ich den Hörer abnahm, hörte ich Mimis Stimme.

»Hallo?!«

»Ah, Mimi!«

Mir fiel ein Stein vom Herzen. Es war mir nämlich unerträglich, daß ich, was durchaus hätte sein können, den Kontakt zu ihr verloren hätte.

»Hast du schon gehört? Das mit Takashi?« fragte Mimi. Sie klang relativ heiter.

»Ja, ich weiß Bescheid. Ich war auch schon beim Test. Das Ergebnis liegt aber noch nicht vor. Und was ist mit dir?«

Kaum hatte ich das gesagt, schoß es mir durch den Kopf: Wir fragen uns doch nicht ab, was redest du nur?, und ich mußte unwillkürlich lachen.

»Also, ich bin negativ«, antwortete sie.

Einerseits verspürte ich Erleichterung, das zu hören. Gleichzeitig beobachtete ich ganz unverwandt, wie sich eine Welle aus komplizierten und grausamen Gefühlen vor mir auftürmte (und Takashi war die ganze Zeit allein!).

Düster brach sie über mich herein, eine schreckliche Stimmung.

Mimi fuhr fort: »Ehrlich gesagt steht das Ergebnis schon lange fest. Zuerst war ich enttäuscht, weil ich mich so in den Gedanken verrannt hatte, von Takashi angesteckt worden zu sein. Aber dann, ich weiß, das klingt jetzt dumm, hatte ich das Gefühl, es wäre ihm gegenüber irgendwie gemein, und deshalb konnte ich es ihm nicht sagen.«

»Weiß er es immer noch nicht?«

»Doch, ich hab gerade mit ihm telefoniert. Er hat sich zwar gefreut, sagt aber, daß für ihn alles sehr kompliziert sei. Kein Wunder.«

»Werdet ihr auch in Zukunft getrennt leben?«

»Eigentlich möchte ich schon zurück. Ich mag das Haus, aber seit wir dort eingezogen sind, geht alles schief. Ich hab schon daran gedacht, jemanden zu Rate zu ziehen, der sich in solchen Dingen auskennt, auch wenn mir das nicht ähnlich sieht…«, sagte Mimi.

Vom anderen Ende der Leitung war ein Schlürfen zu hören. Sie trinkt literweise starken Kaffee, immer. So viel, daß ich an Mimi denken muß, sobald es nur nach Kaffee duftet.

Ich liebe es, nachts zu telefonieren. Es gibt mir das Gefühl, man könne über wirklich alles reden, weil nicht einmal Gott zuhört. Und es kommt mir so vor, als würden nur meine und die Stimme meines Gegenübers durch das Universum klingen.

Auch in Zeiten wie jetzt war das so. Es verströmte einen Hauch frischer Luft.

»Außerdem meinte Takashi gerade, daß er gerne noch eine Zeitlang allein sein möchte.«

»Das ist mir neu. Als ich ihn vor kurzem getroffen habe, hat er nichts davon gesagt.«

»Ich halte es auch für besser«, entgegnete Mimi. »So wie es im Moment aussieht, können wir nur dann in aller Ruhe über die Zukunft nachdenken, wenn wir getrennt wohnen. Später einmal möchte ich schon irgendwo mit Takashi zusammenleben, wo er sich wohl fühlt... Aber noch ist die Krankheit nicht ausgebrochen, und bis dahin sollten wir uns den Kopf nicht darüber zerbrechen... Und das alles, wo wir doch gerade erst umgezogen sind! Was soll das nur? Warum ist plötzlich alles so gekommen?«

»Ja, warum nur?«

»Tja, ich werde versuchen, mit ihm darüber zu sprechen. Aber ich glaube, daß er im Moment seine Arbeit auch noch nicht aufgeben will.«

»Na ja, ihr habt ja noch Zeit.«

Je mehr wir darüber sprachen, desto mehr wurde mir bewußt, daß das alles eines Tages wirklich eintreten würde.

»Und wenn die Krankheit ausbricht, stehe ich euch jederzeit zur Verfügung, wenn ihr so was wie eine Krankenpflegerin braucht.«

»Danke, das ist nett. Ach, da gibt es so Sachen«, sagte Mimi.

»So Sachen?«

»Na, so Dinge wie Tod, Freunde, Bestürzung eben. Wem vertraut man, an wen erinnert man sich in solchen Zeiten, wie sehr werde ich Takashi lieben? Wenn all das nicht geschehen wäre, würden wir einfach zusammenwohnen, im Streit auseinandergehen und uns nichts dabei denken, stimmt's? Sollte man jeden dieser Aspekte einzeln und voneinander unabhängig betrachten, oder sind sie als Ganzes, als absolute Einheit zu sehen?«

»Tja...«

Ich hatte wirklich keine Ahnung.

Jedenfalls legt der Tod das Wesentliche von allem offen und verleiht allem die Form, in der sich die Wirklichkeit des Augenblicks spiegelt. Auch zwischenmenschliche Beziehungen werden auf das Gefühl zurückgeführt, das man am Anfang, bei der allerersten Begegnung hatte.

So ein mitternächtliches Gespräch, wie das jetzt mit Mimi, sollten wir eigentlich erst führen, wenn wir Großmütter sind. Ich konnte mir eine solch ferne Zukunft vorstellen und fühlte mich der Freundin sehr nah. Und so machte es eigentlich keinen Unterschied, daß es heute stattfand. Dennoch verspürte ich dieses schmerzliche Gefühl in der Brust, vielleicht, weil die Energie der Jugend, die in meinem Inneren noch sanft ihren Atem verströmte, daran kratzte.

Genauso öffnet uns der immerwährende Fluß mit den Namen »Zeit« und »Veränderung« manchmal die Augen. Und dann läßt sich daran, wie sich die vorüberziehende Landschaft in ihnen spiegelt, ablesen, was man getan hat.

Die Landschaft, die sich gerade in meinen Augen spiegelte, war nicht so schlecht, und das machte mich traurig. Ich habe zwar die unterschiedlichsten Erfahrungen gemacht und auch Tiefschläge erlitten, aber irgendwie setzten sie sich schön zusammen, und ich fühlte mich zufrieden. Ich hätte mir nie träumen lassen, daß so ein Ereignis, das nun wirklich nicht hätte sein müssen, überhaupt eintreten würde.

Ich hätte es auch nicht für möglich gehalten, daß mich die oft unbegreiflichen Momente aus meiner Kindheit bis heute verfolgen würden. Der Ärger darüber etwa, mitansehen zu müssen, wie eines der Kinder, mit denen ich mich gut verstand, wegen seiner Eltern die Schule wechseln mußte und wir uns nie wieder trafen. Oder daß der Hund aus der Nachbarschaft sterben mußte, weil die Familie ihn nicht versorgte. Die Welt war überhaupt nicht so, wie ich sie mir vorgestellt hatte. Wie sehr man seine leidenschaftlichen Gefühle auch hütet, wie fest man sie verschnürt, sie werden alle irgendwann von einer riesigen Welle fortgespült, wie die abgebrochenen Äste eines alten Baumes am Ufer.

Mit etwas mehr Abstand betrachtet, würden sich wohl auch die Gefühle, die ich gerade hatte, als hübsche Muster im Sand abzeichnen.

»Jedenfalls hat mich das alles ziemlich schockiert.«

»Ja, mich auch.«

Mit diesen Worten beendeten wir das Telefonat.

Stockfinstere Nacht in Nagano

Unter dem Vorwand, in der Präfektur Yamanashi Steine einzukaufen, hatte ich mich entschlossen, für einige Zeit meine Eltern zu besuchen, um dort das Testergebnis abzuwarten.

Genaugenommen liegt mein Elternhaus in der Stadt Nagano, aber nachdem mein Vater in Rente gegangen ist, haben die beiden in den Bergen ein Haus gekauft, wo sie nun allein leben.

Dieses Haus ist in einer eigentümlich modernen Bauweise gebaut und wirkt eher wie ein Ferienhaus. Und auch wenn meine Eltern behaupten: »Hier ist dein Zuhause«, ist es mir doch fremd geblieben.

Ich bin ein Einzelkind. Allerdings merkt man mir irgendeine Prägung durch die Eltern kaum an, deshalb werde ich oft gefragt, ob ich Waise sei. Doch dem ist nicht so. Ich habe nur schon sehr früh auf eigenen Beinen gestanden und mein Elternhaus verlassen, das ist alles. Da ich eigentlich schon von klein auf das Gefühl hatte, bei einer mir fremden Familie zu Gast zu sein, war das nur konsequent.

Dem Rauschen des Wäldchens lauschen, essen, was die Jahreszeit hergibt, den Wein aus der Region trinken, den Futon herrichten und schlafen. Morgens, wenn ich die Augen aufschlug, lärmende Vogelstimmen hören und die

Geräusche, die Mutter bei der Hausarbeit verursachte. Vater, der von einem Spaziergang zurückkam...

Ein ganz normaler Alltag also, den ich dort lebte, und doch fühlte ich mich in Anbetracht von soviel Luxus seltsam klein. Oder um es anders auszudrücken: Es kam mir irgendwie unnormal vor, allein in Tokyo zu leben.

Abends, nachdem die Eltern schlafen gegangen waren, las ich im Schein der alten Schreibtischlampe wie besessen unzählige Bücher zum Thema Aids. Je mehr ich las, desto geringer schien mir die Wahrscheinlichkeit, daß ich mich infiziert haben könnte. Im Vergleich zu der Zeit, als ich noch gar nichts darüber wußte, brachte mir das ein Gefühl der Sicherheit, aber auch die Gewißheit, daß Takashi und ich noch einen langen Weg vor uns hatten, bis wir alles verstehen würden.

Es war genau wie früher, wenn ich mich auf die Prüfungen vorbereitete: Ich trug meine Brille und markierte einige Stellen in den Büchern. Dabei saß ich in der gleichen Haltung wie damals an dem Schreibtisch, den ich schon in der Grundschule benutzt hatte. Nur daß die Wörter, die ich unterstrich, jetzt *pneumocystis carinii pneumonia, candida, cytomegalovirus* oder *Pflegepraxis* lauteten.

So weit ist es also gekommen, dachte ich.

Wenn ich die ganze Nacht so durchgemacht hatte, trat ich mit einem Glas Wein in den Garten hinaus, betrachtete den Himmel und nippte dabei an meinem Schlaftrunk. Eine Ewigkeit schaute ich dann zu, wie das zarte Blau des Himmels die Sterne langsam zum Erlöschen brachte.

Herrlich, an nichts denken zu müssen! Dort oben gab es schließlich alle Augenblicke etwas Neues zu entdecken.

Von den Bergen her zog der Tag herauf. Ein überwältigendes Morgenlicht brach herein, ein transparenter Lichtstrahl in Gold und Orange.

Ein Moment, den ich besonders mag, der mir heilig ist.

Immer deutlicher funkelte das Licht zwischen den Blättern.

Das alles erschien mir wie ein lebhafter Traum.

Früher dachte ich einmal, ich sei schwanger. Das war zu der Zeit, als ich mit Takashi zusammenlebte. Ich war noch sehr jung.

Obwohl ich sonst keinerlei körperliche Beschwerden hatte, blieb die Periode aus. Außerdem hatte mein Gesicht weiche Züge angenommen.

Als Partner hätte ich mir zwar niemand anderen vorstellen können als Takashi, aber das war noch längst kein Grund, ein Kind zu bekommen. Eines Mittags dachte ich dann: Also, morgen gehe ich endlich zum Arzt. Augenblicklich verschwand das Unbehagen, das mich bis dahin gequält hatte, und urplötzlich fühlte ich eine überwältigende Freude.

Das war der Moment, wo der Körper die Vernunft besiegt hatte.

Alles an mir war so von Glückseligkeit erfüllt, daß ich kaum atmen konnte.

Es erschien mir wie ein Wunder, wenn ich daran dachte, daß die Menschen auf der Straße, daß alle, einfach jeder mit einer solch tiefen Empfindung von Erfüllung gesegnet wird, bevor er das Licht der Welt erblickt.

Und dann dachte ich: Vielleicht bin ich jetzt ja gar nicht

allein. Vielleicht nehme ich die Landschaft um mich herum gemeinsam mit einem kleinen Wesen in mir wahr.

Eine Woche nach diesem Erlebnis jedoch setzte meine Periode wieder ein, und mir wurde klar, daß ich mir das alles nur eingebildet hatte. Die intensiven Gefühle jener Zeit werde ich allerdings nie vergessen. Und auch nicht, daß es mir so vorkam, als hätte ich einen wenn auch nur kleinen Einblick in mein Schicksal genommen.

Komischerweise hatte ich jetzt, da ich auf das Testergebnis wartete, ein ganz ähnliches Gefühl wie damals.

Was im Körper eines Menschen geschieht, wirkt sich unmittelbar auf sein Leben aus, und dafür gibt es sicher einen Grund. Vielleicht sind das ja die prägenden Momente für die Entwicklung der eigenen Persönlichkeit. Das feierliche Gefühl, mit dem man sie durchlebt, dieser innere Frieden… die Zeit damals jedenfalls war bedeutungsträchtig, fast als verströmte sie einen Duft.

Doch die zwei Wochen bewußten Wartens wurden mir lang. Egal, unter welchem Aspekt ich es auch betrachtete: Aus irgendeinem Grund schien ein Tag hier mehr Stunden zu haben als in Tokyo.

Ich fing an, mich zu langweilen, und fand, nachdem sich die Eltern abends schlafen gelegt hatten, Zuflucht in einer nahe gelegenen Kneipe. Vorher aßen wir noch gemeinsam zu Abend, dann brach ich auf. Dort schloß ich bei kleinen Knabbereien neue Bekanntschaften und trank lokale Sakespezialitäten. Wenn Gäste mit dem Auto da waren, wurde ich nach Hause gebracht oder ging, wie es sich eben ergab, zu Fuß über den Bergpfad zurück.

Obwohl der Weg wirklich kurz war, tauchte das überwältigende Sternenmeer verschwommen vor meinen Augen auf, sobald sie sich an die Dunkelheit gewöhnt hatten.

Der Geruch von frischem Gras und Bäumen lag in der Luft, und der Wald war in tiefe Dunkelheit getaucht. Sie erzählte von den Geheimnissen der Nacht.

Manchmal erschreckte ich mich.

Ich hatte den Eindruck, daß jedesmal, wenn das passierte, stockfinstere Nacht war. Zum Fürchten. Ich wurde hellwach. Undurchdringliche Dunkelheit bestimmte die Atmosphäre. Um mich herum eine Stille, wie sie für die Nächte auf dem Land so charakteristisch ist, die jedes Geräusch absorbiert und sich über alles legt.

Nur unter solchen Bedingungen kann ich mich auf meine innere Stimme konzentrieren.

Ich wurde von der Kraft der Dunkelheit regelrecht niedergedrückt, versank in Ehrfurcht vor der Natur, und mit meinem ganzen Körper spürte ich durch den Boden unter meinen Füßen und den Duft der Dunkelheit hindurch das riesige Herz in meinem winzigen Selbst.

Der Morgen kam, und es wurde hell. Ich fühlte mich etwas sicherer und faßte wieder ein wenig Mut.

Diesem Treiben konnte ich mich nicht entziehen. Das wäre vielleicht möglich gewesen, wäre da nicht die Verbindung mit der Erde gewesen.

In jener Nacht kam ich betrunken nach Hause und schlief, noch während ich in meinem Buch las, quer über den Schreibtisch gestreckt ein.

Ich träumte von der Paukerei für die Schulprüfungen.

Ich sitze auf der kleinen Bank an der Allee vor der Schule und lerne englische Vokabeln. Hin und wieder kommen meine Patienten aus dem Hospiz an mir vorbei, Kinder und Erwachsene. Einige von ihnen leben noch, andere sind schon längst gestorben. Da sie sich mit den Schülern vermischen, die in ihren Uniformen vorbeiziehen, kann ich mich nicht erinnern, auf wen was zutrifft.

Die Sonne scheint, ihr Licht fällt durch die Baumkronen auf den Boden, und es geht ein kühler Wind. Das Wetter ist beinahe schon zu schön, deshalb wirken alle, als seien sie glücklich.

Manche grüßen herüber.

Andere ziehen mit ernster Miene an mir vorbei.

Und dann sehe ich, daß Takashi auf mich zukommt.

Seltsam, aber in diesem Moment verändert sich mein Gefühl. Es ist wie damals, als ich ihn das erste Mal traf.

Mein Herz schlägt so wild, daß es fast schmerzt, und in meinem Kopf ist nur noch Takashi. Egal, ob Traum oder Wirklichkeit, ich kann seine Blicke spüren, immer.

Ich glaube, daß die erste Begegnung mit jemandem bei allen Menschen einen bleibenden Eindruck hinterläßt. Es ist wie ein wahrer, leuchtender Kern, in dem bereits alles vorgegeben ist, was die Beziehung ausmacht – von der Intensität, über die Möglichkeiten, wie sie sich entwickeln kann, bis hin zu dem Zeitpunkt, da die Wege wieder auseinandergehen. Auch ob dies schon zu Lebzeiten geschieht oder man einander erst durch den Tod verliert, ist unauslöschlich darin enthalten, davon bin ich überzeugt.

Während wir uns im Traum unterhalten, ist es Abend geworden. Wir befinden uns mittlerweile in dem Zimmer, in dem Takashi und ich früher zusammengewohnt haben. Beide stehen wir am Fenster. Dahinter können wir ganz deutlich in ein Zimmer des Mehrfamilienhauses auf der anderen Straßenseite sehen. Die Familie dort hat es sich gemütlich gemacht. Man erkennt, daß der Fernseher läuft. Ein orangefarbenes, warm anmutendes Zimmer.

»Man kann von hier aus ziemlich gut in die Wohnungen der anderen sehen«, stelle ich fest.

»Seit ich klein bin, denke ich immer, wenn ich fremde Wohnungen sehe: Wie schön! Denen scheint es richtig gut zu gehen... Selbst heute, wo ich in meinen eigenen vier Wänden lebe, könnte ich neidisch werden, wenn ich in die Zimmer anderer Leute sehe«, meint Takashi.

»Du möchtest wohl ewig Kind bleiben«, frotzele ich.

Es könnte sogar sein, daß diese Unterhaltung tatsächlich stattgefunden hat.

»Während ich dir das alles erzähle, haben die Dinge längst eine andere Wendung genommen«, sagt Takashi.

»Welche andere Wendung?«

Ich kann nichts dagegen tun, das Wort Krankheit macht mir angst.

Ohne noch etwas zu sagen, verfällt Takashi in tiefe Niedergeschlagenheit.

An dieser Stelle wachte ich auf. Mein Herz raste. Ich hatte ein paar Tränen vergossen, Speichel war mir aus dem Mund gelaufen, und in meinem Herzen spürte ich noch einen düsteren Nachklang meiner Erregung. Ich war so verwirrt, daß ich einsam vor mich hinkicherte.

Noch eine ganze Weile war ich in Gedanken versunken, als plötzlich das Telefon klingelte.

Auf keinen Fall dürfen die Eltern wach werden, dachte ich und stürzte an den Apparat.

»Hallo, Kiyose?« Es war Hideo.

»Ach du, Hideo!« erwiderte ich. »Wir sind hier auf dem Land, da gehen die Uhren anders! Was willst du mitten in der Nacht?«

»Tut mir so leid. Es ist wegen Takashi. Er scheint irgendwie so einsam zu sein. Mimi und du, alle Frauen, die ihm nahestehen, sind ausgeflogen.«

»Was heißt ausgeflogen?«

»Naja, ihr seid abgehauen.«

»Ich komm doch bald zurück!«

»Beeil dich gefälligst, die Stimmung hier ist auf dem Tiefpunkt!«

Es schien, als würde Hideo von seiner Bar aus anrufen, im Hintergrund hörte man Lärm. Na, und betrunken war er bestimmt auch.

Aber das war mir egal. Ich freute mich über das nächtliche Telefonat, das ich bis dahin mit gedämpfter Stimme im Flur geführt hatte. Nun nahm ich den Apparat mit in mein Zimmer und dachte an Hideo, der weit weg war.

»In Takashis Situation ist ein Mensch, der gute Laune verbreitet, ja wohl auch eher selten, oder?« fragte ich.

»Was ist mit Mimi?«

»Sie hat angerufen, aber sie läßt sich nicht von ihrer Entscheidung abbringen.«

»Weißt du was? Ich hab's: Wir sollten verreisen! Mit Takashi.« Hideo klang begeistert.

Er führt sich auf wie eine Studentin, die ihre unglücklich verliebte Freundin aufmuntern will, dachte ich.

»Vielleicht ist jetzt die Gelegenheit! Wir könnten zusammen ins Ausland fahren.«

»Stimmt.«

»Außerdem, wenn wir noch ein bißchen warten, fährt er wahrscheinlich mit Mimi.«

»Stimmt auch.«

»Genau, das ist unsere Chance! Und es hält ihn schließlich nicht einmal davon ab, auf Mimi zu warten. Brechen wir also auf, um Erinnerungen zu schaffen!«

Wären diese Worte aus dem Mund eines anderen gekommen, wäre dies ein Grund für mich gewesen aufzulegen, doch weil er es gesagt hatte, zeigte ich Nachsicht.

»Vielleicht hast du recht.«

»Ich werde mal mit Takashi darüber sprechen. Und du kommst mit.«

»Ich auch? Warum?«

»Weil ich ganz schön blöd dastehe, wenn wir nur zu zweit losfahren und da weitermachen würden, wo wir damals aufgehört haben«, antwortete Hideo.

Ein gnadenlos aufrichtiger Mensch, dachte ich.

»Ich denk drüber nach«, sagte ich und legte auf.

Abschied in Narita

Ägypten! Ich kann wohl ohne Übertreibung behaupten: das Land meiner Träume. Loszufahren fiel mir also nicht schwer.

Ich trank dünnen Kaffee und dachte nach.

Als ich mir dieser Tatsache bewußt wurde, saß ich auch schon am Terminal 2 des Flughafens Narita, allein in einer Art Kaffeebar.

Ohne zu wissen, wie der Test ausgefallen war.

Beim Buchhändler gegenüber schaute Hideo nach Taschenbüchern.

Ich beobachtete, wie Takashi und Mimi bei Morinaga Love* genüßlich ihre heißgeliebten Thunfisch-Toasties verspeisten. Mimi lachte. Sie hatte sehr sanfte Gesichtszüge. Es war ein Gesicht, wie es Menschen zu eigen ist, die intensiv und grundlegend über etwas nachgedacht haben. Mit uns zu kommen hatte sie abgelehnt. Sie sagte, sie würde auf Takashi warten. Auch das kann man verstehen, dachte ich. An ihrer Stelle hätte ich mich vielleicht genauso entschieden.

Als ich den anderen von meinem Tisch aus zusah, wie jeder mit sich selbst beschäftigt war, fühlte ich mich wie damals in der Schule, als ich während der Mittagspause

* Morinaga Love: japanische Fastfood-Kette. (A. d. Ü.)

an meinem Platz saß und die Klassenkameraden mit meinen Blicken verfolgte, die in alle Richtungen auseinanderströmten.

Ungefähr zwei Wochen zuvor hatte ich mich mit Hideo verabredet, um unsere Testergebnisse abzuholen.

Als wir aber aus dem Bahnhof kamen, ging Hideo schleppenden Schrittes, und ihm standen im wahrsten Sinne des Wortes die Tränen in den Augen. »Ich hab Angst!« brach es aus ihm heraus. Dieses plötzliche Anzeichen von Schwäche überraschte mich, zumal bei jemandem, der schon so viele Menschen hatte sterben sehen.

»Tja, dann lassen wir's eben für heute«, sagte ich. »Wann paßt es dir denn dann? Wir gehen auf jeden Fall zusammen hin.«

»Ich hätte selbst nicht gedacht, daß es mich so sehr aus der Fassung bringt«, meinte Hideo, als er sich etwas beruhigt hatte. »Könnten wir nicht erst verreisen und das Ergebnis dann abholen, wenn wir wieder zurück sind? Ich würde mich dafür auch um die Tickets kümmern und alles andere erledigen.«

»Mir wäre eigentlich wohler, wir würden abreisen, nachdem wir das Ergebnis in Erfahrung gebracht haben. Meinst du nicht, das wär besser?«

Doch auf meinen Einwand entgegnete er: »Du bist dir deiner Sache so sicher, weil du ein solides Leben führst, stimmt's? Deswegen kannst du so was sagen. Nur versteh bitte, daß ich Angst vor dem Ergebnis habe. Für mich besteht schließlich auch ohne die Sache mit Takashi ein gewisses Risiko.«

Natürlich bin ich mir sicher, dachte ich, konnte aber auch Hideos Bedenken gut nachvollziehen.

»Wo möchte Takashi eigentlich hin?« fragte ich.

»Er will nach Ägypten«, antwortete Hideo prompt. Augenblicklich versetzte es meinem Herzen einen Stich. Doch nicht etwa, weil ich mich erinnerte, wie ich mit Takashi früher viele Bücher über Ägypten gekauft und Pläne geschmiedet hatte, sondern weil ich an das alte Bücherregal in unserer winzigen Wohnung denken mußte, in der wir damals aus Geldnot gehaust hatten. Jenes Regal gab es schon längst nicht mehr. Das ging mir seltsam unter die Haut. Die Zeit… eine große Uhr, deren Zeiger unaufhaltsam voranschreiten.

»Verzeih mir bitte! Wenn wir den Test später wiederholen müssen, übernehme ich auch die Kosten«, sagte Hideo.

Ich willigte ein.

»Also gut. Aber dann gehen wir zum Gesundheitsamt.«

»Mhm.«

Von da an ging alles ganz schnell. Die Abwicklung der Visumsformalitäten überließen wir einer Reiseagentur, und kaum hatte ich noch darüber nachgedacht, ob wir dafür die Reisepässe hin- und herschicken müßten, waren wir auch schon in Narita.

Was war das damals noch gleich für ein Gefühl, als ich zum ersten Mal ins Ausland geflogen bin? Ich dachte nach. Da ich jedoch immer von Narita aus aufgebrochen war, vermischten sich meine Erinnerungen, und ich konnte sie nicht mehr richtig zuordnen. Eigentlich wußte ich nur noch, daß mir so was wie ein Kloß aus Trauer und Einsamkeit auf der Seele lag…

Am Durchgang zu den Ausreiseschaltern drehte ich mich noch einmal um und sah die winkende Mimi, die strahlend weißen Zähne in ihrem lachenden Gesicht und das Haar, das ihr auf die Schultern fiel. Ihre weiße Bluse, ihr heller Teint und ihre rosa geschminkten Lippen, die die Form eines Halbmondes annahmen, wenn sie lächelte.

Der Ausdruck auf ihrem Gesicht war unbeschreiblich sanft und aufrichtig.

Sie wirkte auf mich wie ein kleines Kind, das tief im Busch wohnt und nun seiner Familie hinterherblickt, die den Schutz des Waldes verläßt. Barfüßig, mit leeren Händen und großen Augen. Ohne jede Regung, bedingungslos und ohne jede Angst.

Hideo hatte die ganze Nacht damit zugebracht, alles für die Leitung seiner Bar während seiner Abwesenheit vorzubereiten. So war er ins Flugzeug eingestiegen und gleich fest eingeschlafen. Obwohl er die Momente, in denen er die Augen offen hatte, nur nutzte, um zur Toilette zu gehen, wollte er am Fenster sitzen.

Sein kindlicher Charakter regt mich manchmal ganz schön auf, aber ich mag ihn sehr.

Takashi war ganz still. Er las in einem Buch, sah sich den Film an und schlief ein wenig.

»Es ist wie ein Wunder, daß der Tag, an dem wir drei zusammen verreisen, nun tatsächlich gekommen ist. Das würde ich gerne meinem früheren Ich erzählen«, meinte ich.

»Es wäre schön gewesen, wenn wir das schon vorher geschafft hätten, oder?« antwortete Takashi.

Er gehört zu den Wißbegierigen und hatte dementsprechend viele Reiseführer gekauft und durchgearbeitet.

»Ich verreise nämlich so gut wie nie.«

»Warum?«

»Ich bin eben immer viel zu gut informiert, und das macht es dann kompliziert.«

»Es wird ganz bestimmt schön!«

»Ja, es ist schon schön, einfach so loszufahren! Sich um nichts kümmern zu müssen als zu packen, morgens in aller Frühe das Haus zu verlassen und ins Flugzeug zu steigen, macht mehr Spaß, als ich dachte«, sagte Takashi. »Ich hab ein gutes Gefühl.«

Ich nickte.

Ich will nicht, daß du stirbst! Einige Monate, nachdem ich den Job im Hospiz begonnen hatte, legte ich dieses inständige Bitten und Beten um all meine Patienten ab.

Es warteten dort schließlich noch so viel andere Aufgaben auf mich.

Stirb nicht! Darum zu flehen hatte lediglich zur Folge, daß ich meinen Alltagstrott durchbrach. Dabei wäre es doch eigentlich meine Pflicht gewesen, die Sterbenden die Zeit vergessen zu lassen. Die Tatsache jedoch, daß ich meinen vom ewigen Beten völlig versteiften Körper einfach so mit mir herumschleppte, war für sie, als hielte ihnen jemand eine riesige Uhr vor Augen.

Als es mir endlich gelang, nicht mehr über die Zeit nachzudenken, erblühte ganz ohne mein Zutun etwas Neues.

Es war wie eine Ahnung, daß für einen kurzen, entspannten Augenblick etwas geschieht, wovon man nicht die geringste Vorstellung hat. Es schien die Lebensenergie zu wecken. Ein Gefühl, das sich aus dem dauernden Warten der Patienten, ihrer Gleichgültigkeit und ihrer ungewissen Zukunft zusammensetzte. Plötzlich ließen sie ihrer Wut freien Lauf, es ging ihnen besser, sie lachten und verstanden sich wieder miteinander. Sich die Momente zu erhalten, in denen sie sich nicht zurückhalten mußten, sondern, ohne es zu merken, die Zeit vergaßen, das war für sie das allerwichtigste.

Heißer Tee an einem regnerischen Tag, ein fünfminütiges Nickerchen, ein Blick ins unerwartet interessante Fernsehprogramm.

Daß Ereignisse dieser Art das flüchtige Aufflackern eines Wunders in sich tragen, habe ich oft beobachtet. Sie werden mir niemals dumm vorkommen. Wenn jemand seinen letzten Atemzug tut, hinterläßt dieser kurze Augenblick bei jedem einen Eindruck: ›Ach, an diesem verregneten Nachmittag brachte ihm jemand Reiskräcker. Er vertilgte sie genüßlich und schwelgte dabei in angenehmen Kindheitserinnerungen. Das erweckte bei allen, die das hörten, Wohlwollen, und sie waren den ganzen Tag guter Laune…‹ Ob es wohl jemanden gibt, der so etwas vorherbestimmt?

Wenn es ihn gäbe, müßte man ihn wohl Gott nennen.

Diesen merkwürdigen Job habe ich damals aber weder wegen der Momente, in denen die Patienten die Zeit vergaßen, noch wegen jener Schicksalsstreiche gemacht, sondern vor allem, um mir das Unvorhersehbare zu bewahren.

In meiner jetzigen Situation war mir diese Erfahrung nützlich.

Zum ersten Mal in meinem Leben hatte ich die Erinnerung an ein kurzes, aber tiefes Empfinden dafür, was Leben und was die Gnade zu leben bedeutet. Und in meinen Gebeten gab ich der Hoffnung Ausdruck, daß mir diese Erkenntnis auch in Zukunft auf die ein oder andere Weise hilfreich sein würde.

Oasen

»Huch? Wieso bin ich denn hier ganz allein!?«

Das war mein erster Gedanke, als ich mitten in der Nacht aufwachte. Ein stockfinsteres Hotelzimmer, ungewöhnlich hohe Decken, gestärkte Laken. Nach und nach erkannte ich verschiedene Gegenstände um mich herum.

Ich ging zur Toilette, nahm mir ein Wasser aus der Minibar und trank. Auf der Mineralwasserflasche, wie ich sie noch nie zuvor gesehen hatte, stand ›Baraka‹*. Diese Nebensächlichkeit brachte mich plötzlich darauf: Ach ja, ich befand mich in Ägypten.

Endlich war ich richtig wach.

Meine Beine und der Körper fühlten sich schwer an. Das war diese typische Erschöpfung, die einen nach langen Flügen befällt. Man hat den Eindruck, der ganze Körper stände irgendwie unter Druck. Bevor ich mich wieder ins Bett legte, zog ich den schweren Vorhang vor dem hohen Fenster beiseite und sah hinaus: Ein tief dunkler Fluß. Ein Stück des Nil. Es war so unglaublich kalt, daß ich es nicht lang aushielt und mich wieder ins Bett legte. Niemand hatte mir gesagt, daß es im April so kalt sein würde in Kairo.

* Baraka: der Markenführer unter den ägyptischen Mineralwassern. (A. d. Ü.)

Diese Welt war voll von Dingen, die man erst verstand, wenn man sie mit bloßer Haut spürte.

Eine Frau, die mit zwei Männern verreist und die zwecks Zimmerverteilung ein Los zieht, weil sie zu beiden eine so lockere Beziehung pflegt, daß es keine Rolle spielt, welche Kombination dabei herauskommt – als Kind hätte ich so eine Frau als Ausbund an Liederlichkeit betrachtet. Aber in Wirklichkeit hängt eine solche Beziehung ganz von den Beteiligten ab und ist längst nicht so aufregend, wie es sich oft anhört.

Unsere Auslosung jedenfalls hatte ergeben, daß Hideo und Takashi in dieser Nacht im Doppelzimmer übernachten würden. Ob Hideo wohl gerade beim Anblick von Takashis schlafendem Gesicht weinte? Oder zeigte er sich wohl ganz ungerührt, und nichts, was mit dem Tod zu tun hatte, streifte auch nur im entferntesten seine Gedanken und Empfindungen.

Vermutlich war keines von beidem der Fall. Überhaupt würde unsere ganze Reise von diesem Zwiespalt und dieser Ungewißheit überlagert sein... sobald ich über den Tod nachdenken möchte, schaltet sich meine Seele ein, um das zu verhindern. Und wenn ich andererseits versuche, den Tod zu vergessen, dann wird mir ganz unbewußt finster und schwer ums Herz. Die einzige Möglichkeit, sich mit diesem Dilemma zu arrangieren, besteht also darin, den Zustand der Ungewißheit auf Dauer aufrechtzuerhalten... ganz in diesen Gedanken vertieft, legte ich mich wieder ins Bett und schlief ein.

Am Anfang einer Reise, am ersten Abend, werde ich

immer melancholisch, fühle mich verlassen und frage mich: Was mache ich hier eigentlich? Es kommt mir so vor, als drängte mein Geist darauf, sich das rasend schnell zu vergegenwärtigen, während die Seele noch zaudert.

Am nächsten Morgen brachen wir in aller Frühe nach Assuan auf.

Das war der Ort, den Takashi unbedingt hatte aufsuchen wollen.

Wir hätten überhaupt nichts dagegen, die ganze Zeit in Assuan zu verbringen, hatten wir ihm angeboten, doch Takashi meinte: »Das fände ich zwar auch sehr schön, aber ich möchte gerne noch ein paar andere Orte besuchen.« Noch fühle er sich stark genug, deshalb wolle er das jetzt machen, sagte er. Seltsamerweise schnürte es mir die Kehle zu, als ich das hörte. Und ich verspürte einen Anflug von Wut, daß Takashi so etwas sagte. Gefühle lassen sich eben nicht steuern.

Als das kleine Flugzeug nach einem holprigen Start, der mich an einen anfahrenden Bummelzug erinnerte, Assuan anflog, bot sich uns vor dem Fenster eine Landschaft, die ich mir so nicht vorgestellt hatte.

Nein, eigentlich war sie weniger unerwartet als vielmehr überraschend selbstverständlich.

Unter uns wand sich der Nil wie eine blaue Schlange. Er war das einzig Lebendige in dieser Ödnis, die ganz von Wüste bedeckt war, und erstreckte sich bis zum Horizont. Eng an sein Flußbett geschmiegt, verlieh das tiefe Grün seiner Ufer der Wüste Farbe.

Hier hat alles Leben begonnen. Und auch heute noch

sorgt der Nil mit seiner lebendigen Form für eine klare Trennung der Farben und führt uns seine Vitalität vor Augen. Alles in diesem Land dreht sich um diesen Strom. Er fließt unaufhörlich und schenkt den Menschen mit der sprudelnden Kraft seines Wassers unablässig neues Leben.

Schon unzählige Male hatte ich das lebendige Spektakel, das wir vom Himmel aus beobachten konnten, in Film und Fernsehen gesehen. Und doch kam es mir nun vor, als sähe ich es zum allerersten Mal.

Ein riesiges Band, gewebt aus der Wüste, dem Nil und dem Grün seiner Ufer. Er erzählt die immer gleiche Geschichte vom Leben. Ich habe mich oft über solch banale Schilderungen lustig gemacht, aber so unsinnig waren sie gar nicht.

Tatsächlich führte einem diese Landschaft den Fluß des Lebens erschreckend deutlich vor Augen. Darüber hinaus veränderte sie sich von einem Moment auf den nächsten, je nach dem Spiel von Licht, Schatten und Wolken – ein Bild für die Liebe, die zwischen den Dingen strömt. Man hätte meinen können, alles brächte seine gegenseitige Zuneigung dadurch zum Ausdruck, daß es die Form veränderte. Ich empfand zum ersten Mal, daß eine Landschaft eine Bedeutung in sich tragen kann, genau wie ein Schriftzeichen.

»Takashi, freust du dich auch wirklich, mit uns den Willkommens-Drink zu nehmen? Oder wärst du nicht doch lieber mit Mimi gefahren?« fragte Hideo plötzlich.

Das Hotel Old Cataract war einmal ein Palast gewesen, den man modernisiert und zum Hotel umgebaut hatte. Wir saßen mit Blick auf den Garten auf der Terrasse dieses wunderbaren Gebäudes und tranken roten Granatapfelsaft.

»Was soll das denn jetzt? Du warst doch derjenige, der ihn die ganze Zeit gedrängt hat, mit uns zu fahren statt mit Mimi«, entgegnete ich.

»Es ist so schön hier, das hat mir auf einmal die Augen geöffnet«, meinte Hideo.

»Ist ja schon gut. Ich kann schließlich jederzeit noch einmal mit Mimi herkommen«, beschwichtigte Takashi lächelnd.

Ohne daß er auch nur eine Andeutung in diese Richtung gemacht hätte, wußte ich, daß tief in seinem Inneren etwas leise vor sich hingärte. Ob Mimi nun dabei war oder nicht, auf dieser Reise würde er sich um den Platz Gedanken machen, den sie in seinem Leben einnehmen sollte. Auch über seine Gefühle uns gegenüber würde er nachdenken. Das konnte ich seinen kleinen Gesten entnehmen. Weil jedoch solche vagen, wenn auch spürbaren Veränderungen hinfällig werden, versucht man, sie zu formulieren, hatte er sich entschlossen, nicht darüber zu sprechen. Manche Dinge kann man in einer so wunderschönen Landschaft viel deutlicher wahrnehmen.

Und es war wirklich ein schöner Ort.

Der kühle Schatten der Bäume, die bunten Blumen… der Garten lief an einer kleinen Schiffsanlegestelle aus, die vom blauen Wasser friedlich umspült wurde.

Entlang des hellen, schmalen Pfads, der am Swimmingpool vorbei zu der Treppe führte, über die man den Anleger erreichte, war ganz akkurat eine Reihe kräftiger grüner Bäume angepflanzt worden. Wie Ornamente wanden sich die unzähligen rot- und rosafarbenen Blüten der Bougainvilleen um ihre Stämme.

Auch viele andere Pflanzen standen in voller Blüte. Gelb, knallrot und weiß bildeten sie wahllos dennoch prächtige Farbmuster, als hätten die Götter sie mit goldener Hand ausgestreut. Die unterschiedlichen Grüntöne wirkten zwar unharmonisch, doch angesichts ihrer natürlichen Farbgewalt voller Leben.

Kleine Segelschiffe, die sogenannten Feluken, lagen am Ufer dicht nebeneinander vor Anker, wie Vögel, die sich auf einem Ast ausruhen. Klares Wasser, von einem stillen Blau, das eine Spur dunkler war als der Himmel.

Von dort oben ließen die Vögel ihre himmlischen Akkorde erklingen.

Alles verströmte eine friedliche, heitere Stimmung. Ein milder, sanfter Windhauch sorgte beständig für klare Luft.

»Das da drüben sind Gräber.«

In der Ferne konnte ich auf der Anhöhe, auf die Takashi deutete, ein altes Gebäude erkennen. Es hatte die Farbe getrockneten Sandes. Diese Sandfarbe entsprach der Farbe der Erde.

Was das nur sollte. Diese vollkommene Landschaft. Diese Frische, wie überlaufender Honig, dieser lebendige Ausdruck. Die erste richtige Oase, die ich sah, versetzte mir einen Schreck, doch der Schock wich schon bald einer zweifelhaften Ruhe. Selbst das Atmen fügte sich perfekt und wunderschön in diese Atmosphäre.

Das hier war ein Paradies, wie man es auf einer einsamen Insel mitten im Meer nicht findet. Ein kraftvoller Glanz erfüllte diese Oase, der sich aus seinen riesigen Wurzeln nährte, die fest im Boden des afrikanischen Kontinents verwachsen waren.

Wir nahmen eine der Feluken, um ein Nubier-Dorf zu besuchen.

Fasziniert beobachteten wir unseren Bootsmann, einen tiefschwarzen Nubier, wie er sich geschickt den schwachen Wind zunutze machte und unser kleines Segelboot auf die friedliche Strömung des Nils lenkte. Am Flußufer wiegten sich Kokospalmen im sanften Wind.

Es war ein langsames Schiff, aber es trug den Namen Conkord. In gebrochenem Englisch erklärten wir uns gegenseitig die Bedeutung des Wortes und mußten lachen. Der Bootsmann erzählte uns, daß das Wort ›Nubier‹ soviel bedeutet wie ›Gold‹. Untereinander sprächen sie grundsätzlich weder Englisch noch Arabisch, sondern hätten sich ihre eigene Sprache bewahrt.

Der Wasserpegel des Nils war durch den Bau des Assuan-Staudamms gestiegen und hatte das Land, auf dem die Nubier ursprünglich gelebt hatten, überschwemmt. Deshalb gingen auch viele Tempel und Grabstätten für immer verloren. Die Nubier siedelten auf eine Insel über, die mitten im Nil lag.

Eigentlich eine sehr traurige Geschichte, die mir aber, vielleicht angesichts des transparenten und geradezu stechenden Blaus des Himmels irgendwie ganz selbstverständlich erschien. Eine Landschaft, die einem nichts ließ, als an die Macht dessen zu glauben, was wir gemeinhin als den Lauf der Dinge bezeichnen. Überall entlang des Nils sind die Menschen von Überschwemmungen betroffen, doch indem sie ihnen geschickt ausweichen, wie die Wasservögel, bringt ihnen das nur Vorteile.

Sollte der Damm je brechen, wäre ganz Ägypten innerhalb von siebzehn Stunden versunken, erzählte uns der Nubier lachend.

Ich sah, daß unter Wasser alles dicht von Algen überwuchert war, fast wie ein Wald. Sie schaukelten und wiegten sich im zarten Schleier des Lichts. Wenn ich ganz konzentriert hinunterschaute, wußte ich plötzlich nicht mehr, wo sich das Festland befand. In der Ferne konnte man noch Ausläufer der Stadt Assuan erkennen. Auch moderne Gebäude waren darin auszumachen. Als ich mich dann nach links wandte, sah ich dort, unberührt von all dem, die Gräber. In unserem Rücken lag das Hotel Old Cataract, ein Gebäude aus einer Zeit irgendwo dazwischen. Eine geheimnisvolle Szenerie, in der viele Zeitalter nebeneinander präsent waren.

Langsam näherte sich unser Schiff der Insel.

Dort hatte man grünes Weidegras angepflanzt, und alles war erfüllt von einer künstlich wirkenden, frischen gelblich-grünen Farbe.

Unzählige Gewölbegräber lagen dicht an dicht.

Als wir über den ausgedörrten Boden liefen, der der sengenden Sonne ausgesetzt war, klangen unsere Schritte dumpf. Es machte mir bewußt, daß wir hier um einiges südlicher als in Kairo waren. Das Licht eines hochsommerlichen Nachmittags ergoß sich über die Insel.

Im Schatten cremte sich Hideo hingebungsvoll mit Sonnenschutzmittel ein. Hinter ihm befand sich ein schrilles Café, aus dem laute Musik hervordröhnte.

»Das wird die Musik der Nubier sein. Der Bootsmann hat uns vorhin davon erzählt«, meinte Hideo. Im Gegensatz zu der eher orientalisch anmutenden Musik, die wir in Kairo gehört hatten, habe sie viel Tempo und einen lebhaften Rhythmus.

Diese Musik paßte irgendwie zu dem Blau und dem gelblichen Grün der Insel.

Die Farben hier waren viel zu kräftig, viel zu grell und schienen eine mystische Kraft zu bergen, die es verhinderte, über irgend etwas nachzudenken.

In der aufgeheizten Luft tranken wir heißen Pfefferminztee und vertrieben uns die Zeit damit, Souvenirs zu begutachten oder ein Kamel zu besteigen.

Takashi schien Spaß daran zu haben, Fotos zu schießen, und Hideo pries uns unheimlich wirkende Puppen und billigen Schmuck als Mitbringsel für Mimi an. Wir vergnügten uns in der Hitze wie Freunde aus Kindertagen.

Und doch kam uns diese Insel überhaupt nicht touristisch vor. Ich hatte vielmehr den Eindruck, als seien wir Fremde an diesem Nachmittag, an dem die Inselbewohner unbewegt in der glühenden Hitze dösten, durch irgendein Versehen unter sie geraten. Die einzigen, die noch einen Anschein von Geschäftigkeit aufrechterhielten, waren die halbwüchsigen Kameltreiber, die uns immer, wenn sie sahen, daß wir einen Augenblick lang mit nichts anderem beschäftigt waren, dazu aufforderten, eines ihrer Tiere zu besteigen.

Luffaspaliere, ein altes Wasserrad.

Auch den Kühen machte die Hitze zu schaffen. Sie lagen dämmernd im Schatten.

Frauen, die schwarze Schleier über ihr Gesicht geworfen hatten, gingen in einem kleinen Bäckerladen ein und aus.

Auf ihrer kleinen Insel waren die Nubier, die früher einmal auf einem weiten Gebiet Handel getrieben hatten, vielleicht heute noch von dem gleichen Lebensrhythmus geprägt wie damals. Die Poster populärer Sänger an den Wänden und die Kühlschränke sahen merkwürdig alt aus. Vielleicht dringt ja die Geschwindigkeit des Flusses bis zum Grunde des Herzens vor, wenn man ständig von seinem friedlichen Lauf umströmt wird.

Das Boot, das uns zurückbrachte, glitt den abendlichen Nil hinauf.

Die Umgebung wirkte jetzt ganz anders als auf der Hinfahrt, wie eine andere Welt.

Die Menschen, die am Fluß ihre Wäsche wuschen, wurden von der nachmittäglichen Sonne beschienen, und der Himmel nahm einen leuchtenden Rotton an. Der Wind kühlte angenehm ab, und über uns zogen die Vögel zwitschernd zurück zu ihren Nestern.

»Oh, ein Ibis!«

Hinter seiner Sonnenbrille hatte Hideo entdeckt, wie ein großer schlanker weißer Vogel auf uns zugeflogen kam.

Auch ich sah den Vogel jetzt, der wie ein Schiff am Himmel entlangsegelte. Er hatte eine elegante Silhouette, schien aber über keinen sehr ausgeprägten Gleichgewichtssinn zu verfügen. Ich beobachtete, wie er dort oben seine weiten Kreise zog. Plötzlich schreckte ich auf. Da alles um mich herum in wunderschöne Farben getaucht war, hätte ich nicht zu sagen gewußt, ob es sich nicht vielleicht um einen Traum handelte. So wie der Nil schien auch ich leuchtendorange getönt zu sein.

»Ist das traumhaft schön!« Takashi blickte gedankenverloren zurück auf das Grün der Insel und hoch in den Himmel. Er wirkte wie ein Kind, klein und von der Sonne gebräunt.

Mit seiner Kamera schoß ich ein Foto von ihm.

Takashi unter einem Himmel, der ihn um einige Millionen Mal überspannte und an dem sich gerade das Abendrot abzuzeichnen begann. Von dieser Szene einen Abzug machen zu lassen und ihn in ein winziges Viereck zu sperren würde vermutlich einen armseligen Anblick bieten. Doch er würde mich immer an diesen Himmel erinnern, den ich für alle Zeiten in meinem Herzen bewahren würde.

Darüber hinaus wollte ich mir jetzt einfach nicht ausmalen, was die Zukunft noch an schönen und weniger schönen Dingen für uns bereithalten würde. Nur eines stimmte mich froh, nämlich daß wir lebten und uns dieses Bild wahrscheinlich zusammen würden ansehen können. Es war genau wie dieses unvergeßliche Abendrot damals, am letzten Tag der Sommerferien – ohne die Hilfe der Natur würde ich mich nicht so nachhaltig an jene besondere Stimmung erinnern können. Die Natur kümmert so etwas nicht, für sie spielt es auch keine Rolle, ob wir nun leben oder sterben. Und doch schenkt sie uns unglaublich viel. Einen so wunderschönen Abend wie heute etwa. Und sie setzt alles daran, uns die vielfältigen Bilder zu zeigen, die sie in rascher Folge nach dem Sonnenaufgang annimmt.

Damit wir diesen Anblick in uns aufnehmen können,

läßt einem die Natur gar nicht erst die Zeit, sich in andere Gedanken zu verlieren.

Wenn ich ihr Farbenspiel nicht in dem Moment wahrnahm, in dem es sichtbar war, entzog es sich sofort meinen Blicken und zeigte ein anderes Aussehen. Mit dem Abend zog langsam die Nacht herauf. Von Osten her verbreiteten die ersten schwachen Anzeichen dunklen Blaus den Odem der Nacht. Die Vögel traten daher eiligst ihren Rückweg an und zogen hoch oben, am weiten, unverhangenen Himmel ihre Kreise.

Der Tempel der Liebe

Als wir schon eine ganze Weile auf unserem winzigen Boot mit seinem lärmenden Motor unterwegs waren, kam zwischen dem Grün, dem Licht und den Schatten der Landschaft diese kleine Insel in Sicht. Ihre friedliche Erscheinung schlich sich verstohlen in mein Blickfeld wie eine Fata Morgana, und mit ihr tauchte völlig lautlos ein riesiges, lehmfarbenes Gebäudeensemble aus hellem Sandstein vor uns auf:

Schöne Insel Philae.

Der erste ägyptische Tempel, den ich in meinem Leben zu Gesicht bekommen sollte, war Isis, der Göttin der Liebe, geweiht, der auch die Kontrolle des Hochwassers oblag.

»Das alles hier stand bereits zur Hälfte unter Wasser«, erklärte Takashi. Nach Fertigstellung des neuen Assuan-Staudamms wären die Tempel, die auf der Insel Philae gestanden hatten, jedoch vollständig überflutet worden. Man bezeichne diese Insel als die Perle Ägyptens.

Wenn das kein treffender Name ist, dachte ich. Klein und von einem schimmernden Glanz, dem die anmutige Kraft innewohnt, mit der sie die vergangenen Schmerzen überwunden hat – genau das zeichnet eine Perle aus. Sollte ich je ein Schmuckstück entwerfen, das diese Insel versinnbildlicht, dann würde ich auf jeden Fall mit einer Perle arbeiten – so hing ich an Deck des Schiffes meinen Gedanken nach. Und daher erschien es mir, als ich diese Bezeichnung aus Takashis Mund vernahm, gleichermaßen selbstverständlich wie rätselhaft, mit den Menschen von einst das gleiche Schönheitsbild zu teilen.

Die UNESCO hatte es für unvertretbar gehalten, diese geschichtsträchtigen Bauwerke für immer dem Wasser zu überlassen, und beschlossen, die Gebäude komplett auf die benachbarte Insel Agilkia umzusetzen*. Dazu wurde ein Deich zum Schutz vor den Wassermassen errichtet, das Wasser abgepumpt, jeder Quader einzeln numeriert und mehrere tausend Tonnen Stein transportiert. Es dauerte acht Jahre, bis man die Gebäude wieder aufgebaut hatte.

Ungeachtet der Tatsache, daß sie so lange im Wasser gestanden hatten, umgab die Tempelanlagen noch immer eine würdevolle Aura. Auch die Gebete und die symbolischen Bedeutungen, die sie verkörperten, hatten nichts von ihrer Kraft eingebüßt.

Als wir anlegten, ragte uns als erstes ein riesiger Pylon entgegen. Sofort geriet die tief in mir verankerte Empfindung von Größe ins Wanken. Wie kühn doch dieses Bauwerk war! In seine Wände waren gewaltige Reliefs eingemeißelt. Von Ptolemäus, der Göttin Isis, der Göttin Hathor und dem falkenköpfigen Gott Horus. Sie zeigten, wie König Ptolemäus den Göttern, für die er diesen Tempel hatte errichten lassen, Respekt zollte.

* Bei den Umsetzungsarbeiten (Beginn 1979) wurden auch Eingriffe in die Geländestruktur von Agilkia vorgenommen, um das Aussehen und die Umrisse der Insel Philae möglichst genau wiederzugeben. Deshalb wird die Insel auch weiterhin als ›Insel Philae‹ oder als ›Insel Philae-Agilkia‹ bezeichnet. (A. d. Ü.)

Das gesamte Eingangstor war U-förmig angelegt, damit die göttliche Sonne über der Auslassung zwischen den Türmen aufsteigen konnte.

Entlang des Westufers dieser kleinen Insel zog sich eine Kolonnade – schöne Säulen, die Dattelpalmen, Papyrus- oder Lotusbündel zeigten. Früher waren sie vermutlich bemalt, und ich versuchte sie mir in prächtigen Farben vorzustellen.

Zwischen den Säulen tänzelte funkelnd das Wasser. Die Bäume, die von rosafarbenen Blüten umrankt wurden, schmückten die Insel mit dem einzigen Grün, das es hier gab.

Zutiefst beeindruckt faßten wir uns bei den Händen und durchschritten gemeinsam das Portal.

Wollte man all den abstrakten Begriffen, die sich hinter der Idee der Liebe verbergen, wollte man ihrer Schönheit und Reinheit, ihrer Unnahbarkeit und ihrem Leuchten, den Erschütterungen und der Standhaftigkeit, wollte man der Kraft, der Stille, dem Edelmut und der Freundlichkeit, der Zerbrechlichkeit und der Leidenschaft, wollte man all dem durch eine einzige, konkrete Form Ausdruck verleihen, dann haben die Menschen, die diesen Tempel errichtet haben, einen Weg gefunden, dies perfekt umzusetzen.

Er war erfüllt von friedlichen, beschaulichen Dingen.

Vielleicht war die Luft damals zum Bersten angefüllt, voller Energie und unverbrauchter Kraft. Und vielleicht weitete sich das Herz hier ganz mühelos und sammelte sich wieder, genauso einfach und selbstverständlich, wie man eine reife Frucht ißt.

Vielleicht konnte man damals auch die höhere Macht,

die wir Gott nennen, so deutlich spüren, als sei sie ein reales Wesen, als könnte man sie berühren, wie die Bilder hier auf den Wänden. Und vielleicht haben sich Götter und Menschen ja mit vereinten Kräften diese Manifestation der Liebe ausgedacht.

Eine Arbeit, die der Liebe Form verleiht, eine kleine, unter einem kräftig blauen Himmel schimmernde Perle…

»Dieses Bild zeigt den König, wie er als Kind von den Göttern großgezogen wird. Sieh nur, er trinkt die Milch der Isis!«

»Die Kinder sind alle nackt und haben die Hand in den Mund gesteckt. So hat man sie also dargestellt… interessant, so leicht verständlich.«

Hideo und Takashi unterhielten sich, während sie die Bilder auf den Wänden betrachteten. Hideo hatte also am Vorabend eingehend die Reiseliteratur studiert, nachdem er festgestellt hatte: »Ohne Vorkenntnisse ist dieses Land einfach nicht zu begreifen.»

Der Eifer, mit dem die beiden ihre Unterhaltung führten, kam auch mir zugute und ließ mich gleichzeitig an die Zeit zurückdenken, als Takashi Hideos Bar umgestaltete. Jeden Tag diskutierten die beiden, wälzten Fachliteratur und Zeitschriften, dachten über Funktionen nach und rangen miteinander bis hin zum Streit, wenn es sein mußte auch die ganze Nacht hindurch. In ihrer Beziehung spielte so etwas immer eine Rolle. Auch als sie ein Paar waren. Dauernd diskutierten sie alles bis ins letzte aus. Das war für beide sicher ganz schön anstrengend, hatte aber vermutlich auch erfreuliche Aspekte. Denn so hatten sie eine Bar auf die Beine gestellt, wie nur die beiden sie schaffen konnten.

Als ich sie das erste Mal nach dem Umbau besuchte, um mir anzusehen, wie alles geworden war, entdeckte ich vieles, das Hideo, der dazu neigte, alles klar und einfach auszudrücken, seinem Wesen nach wohl niemals würde verstehen können.

Überall sah man, daß Takashis Liebe zu Hideo ihre Spuren hinterlassen hatte.

An den mit weichem Leder überzogenen Ecken der Holztheke etwa oder an dem nicht allzu großen Spiegel aus venezianischem Glas oder dort an der Wand mit den Reliefs der von Hideo so geliebten Gardenien... es gab die unterschiedlichsten Details, in denen Takashis Herz steckte, die er selbst aber möglichst keinem verriet.

Auf die ein oder andere Weise drückten die von ihm ausgeführten Arbeiten äußerste Sorgfalt aus.

Von einem Moment auf den nächsten hatte es meine Gedanken aus dem gleißend hellen Nachmittag ins nächtliche Tokyo verschlagen. Und von dort kehrten sie nun wieder zurück in einen Raum, der aus einem ähnlichen Grundstoff, der Liebe, erschaffen worden war.

Das Allerheiligste war ein dunkler Raum im inneren Bereich des Tempels. Mittlerweile ausgeraubt, enthielt es nur noch den Sockel, auf dem ursprünglich die heilige Barke der Isis gestanden hatte. In dieser totalen Finsternis wurden die Wände lediglich von einem schwachen Licht beschienen, das durch einen kleinen Spalt drang. Mir kam es vor, als könnte ich durch die erhabene, heilige Stimmung und die Intensität, die in diesem Raum herrschte, die einfache und dennoch elegante Silhouette des Schiffes spüren.

»Wenn die Priester diesen Raum betraten, sollen sie Duftwässer dargebracht und den Weg, den sie beschritten, mit einer Art Besen gereinigt haben«, erklärte Takashi.

Auf den Wänden waren Geschichten aus dem Leben des Königs Ptolemäus abgebildet: Vom Gott Chnum wird er aus Schlamm geformt und am Busen der Göttin Isis genährt. Vom Gott Amun erhält er die Befehlsgewalt, die durch einen Schlüssel symbolisiert wird. Man nennt ihn Ank, und er hat die Form eines Kreuzes, an dessen oberem Ende ein Henkel angebracht ist. Nach dem Tod des Königs hält der ibisköpfige Gott Thot Totengericht über dessen Seele. Dafür wird das Herz des Toten auf die eine Waagschale gelegt, während auf der anderen bereits »die Feder der Maat« liegt, die Feder der Wahrheit. Das Herz symbolisierte das rechtschaffene Gewissen im vorherigen Leben. Ein mit Sünde beladenes Herz wurde dem Toten nicht zurückgegeben, wodurch er zu einem Leben als körperloser Geist verdammt wurde.

Während ich mir diese geradezu aufdringlich in die Pfeiler und Wände gemeißelten Reliefs ansah, von denen jedes eine Bedeutung hatte und die daher eher einer Biographie oder den Einträgen einer Enzyklopädie gleichkamen, gewann ich langsam tief in meinem Inneren eine Vorstellung davon, daß es das alles wirklich gegeben hatte: enormes Schriftgut, das statt auf Papyrus auf riesigen harten Steinen niedergelegt worden war.

Die alten Ägypter hatten das, woran sie glaubten, in schönen Bildern festgehalten und bekundeten dem König, der diese Gebäude hatte errichten lassen, damit auf ewig ihre Verehrung.

Wir verließen den dunklen, heiligen Raum und ruhten

uns im Schatten eines wunderschönen Gebäudes mit der Bezeichnung ›Kiosk‹ aus.

Es bestand aus hohen, runden Säulen, deren Kapitelle mit erstaunlich fein gearbeiteten Pflanzendarstellungen verziert worden waren, und soll früher für Zeremonien gedient haben, wenn die heilige Barke der Göttin Isis ablegte.

Ich war überwältigt von der Pracht und der frei strömenden, direkt wirkenden Energie, die von diesem Bauwerk ausging, und hatte das seltsame Gefühl, sie würde meine Seele mit sich reißen. Dennoch war hier ein stiller Raum, der den Liebesgöttinnen Isis und Hathor huldigte. Duldsamkeit, Barmherzigkeit, Anmut – nur vom lautlos schönen, funkelnden Wasser umgeben werden ihre Seelen hier auf ewig bewahrt.

Als wir uns mit dem Schiff langsam von der Insel entfernten, war mir ganz traurig zumute. Unsere Gesichter sahen aus, als ob wir drei jeden Moment anfangen würden zu weinen. Mir war, als ob ein winziger Bruchteil meines Herzens hier zurückbleiben und diese Insel nie wieder verlassen würde. Das war für mich das Bedeutungsvollste an diesem Ort.

Leben an Deck

Dann fuhren wir auf einem Kreuzfahrtschiff an Tempeln vorbei den Nil hinunter.

Unser Schiff gab zwar vor, ein Luxusliner zu sein, aber vor Ort machten die Passagierkajüten irgendwie den Eindruck einer schäbigen Absteige: billige Möbel, eine enge Koje, dünne Wände, und von überallher kamen Geräusche. Der Swimmingpool war nicht viel größer als eine Badewanne, das Essen im Restaurant schmeckte miserabel, und im Souvenirshop wurde nur nutzloser Plunder angeboten.

Trotzdem mochte ich dieses Schiff. Die Menschen, die hier arbeiteten, gingen sehr vertraut miteinander um und wirkten vergnügt. Das Schiff war so klein, daß man in kürzester Zeit alles gesehen hatte. Wenn es sich bewegte, geriet auch die Landschaft in Bewegung, und die stickige Luft in seinem Inneren wurde mit neuem Leben erfüllt. Diese Verwandlung war einfach wunderschön.

Auf der einen Seite die eintönige, auf kleinsten Raum beschränkte Welt des Schiffes und im Gegensatz dazu der grandiose Überfluß dieser flüchtigen, sich endlos fortsetzenden Nillandschaft.

An der Rezeption unseres Schiffes hatte man uns gesagt: »Wir haben eine alleinreisende Japanerin an Bord. Wenn es

Ihnen recht wäre, würden wir sie zu den Mahlzeiten mit Ihnen an einen gemeinsamen Tisch setzen.« Da ich mit einem freudigen *yes* geantwortet hatte, machten wir Bekanntschaft mit Yukiko.

Yukiko war klein wie ein Vögelchen und, da sie schon länger in Ägypten war als wir, von der Sonne dunkelbraun gebrannt. Sie hatte eine reife Stimme. Eine im positiven Sinne coole junge Frau. Ihr dauergewelltes langes Haar war beeindruckend. Außerdem hatte sie diesen eigentümlich geschärften Blick eines Menschen, der allein auf Reisen ist, und gute Umgangsformen.

Ich mochte Yukiko, und so ergab es sich, daß wir auf dem Schiff oder wenn wir Tempel besichtigten, immer zusammen waren.

Sie hatte gesehen, daß wir eine Gruppe von drei Leuten waren, und zudem bemerkt, daß einer von uns schwul war. Als wir am ersten Tag zu Abend aßen, fragte sie mehr oder weniger verlegen: »Entschuldigen Sie bitte, aber in welcher Beziehung stehen Sie eigentlich zueinander?«

»Wir sind bloß gute Freunde. Ehrlich«, antwortete Hideo. »Früher hatten wir mal was miteinander, aber heute ist es vorbei mit dem Sex und so. Sollten wir uns also näher kennenlernen, brauchen Sie keine Angst zu haben: Wir werden Sie nicht verführen. Das klingt jetzt vielleicht ein bißchen voreilig, aber…«

Dabei hat doch keiner danach gefragt, dachte ich. In solchen Momenten zeigt sich eben, was einem wichtig ist, ging es mir durch den Kopf.

»Verstehe«, antwortete Yukiko auf eine bestimmte, abschließende Art, und damit war die Angelegenheit für sie erledigt. Sie ging dem Ganzen nicht weiter nach und stellte auch sonst so gut wie keine persönliche Frage mehr.

Yukiko erzählte, daß sie zwar schon viele Länder bereist habe, aber mittlerweile zum drittenmal in Ägypten sei, wo es ihr besonders gut gefalle. Sie habe sich bereits lange, bevor wir hier angekommen seien, in Assuan aufgehalten, sagte sie. »Ich habe die Stadt bei meinen vorherigen Aufenthalten eigentlich nur gestreift, deshalb wollte ich sie mir noch einmal in Ruhe ansehen«, fuhr sie fort.

Unter uns Frauen kam es selten vor, daß wir einander im Weg waren – nie wäre wohl zuviel gesagt. Wann immer Yukiko allein sein wollte, ob nun bei den Tempeln, wenn es Schlafenszeit war oder sie einen Spaziergang machen wollte, tat sie es einfach, ohne sich etwas dabei zu denken.

Im Laufe der Zeit hatte es sich eingespielt, daß Hideo und Takashi immer zusammen in einem Zimmer übernachteten. Da die beiden sich so nah waren wie ein altes Ehepaar, dachte ich: Mal sehen, ob sie sich auf die alten Zeiten besinnen und wieder Sex miteinander haben? oder etwas in der Richtung. Na ja, schließlich ist auch das eine der Freuden während einer Reise... Aber wenn ich, noch darüber spekulierend, die beiden dann in ihrer Kabine besuchte, war Takashi jedesmal in seine Ägyptenstudien vertieft wie ein Prüfling, und Hideo schlief fest wie ein Murmeltier. Ich fand also eine alles andere als sinnliche Stimmung vor.

Hideo hatte sich auf der schmalen Koje in eine dünne Wolldecke gewickelt wie eine Mumie und atmete ruhig im Schlaf. Draußen vor dem Fenster floß der Nil. Mal hatte Takashi verschiedene Bücher und Pläne auf dem kleinen

Tisch am Bullauge ausgebreitet, mal notierte er irgend etwas in seinem Notizbuch, dann wieder ordnete er Filme oder schrieb eine Karte an Mimi.

Intensive, schöne kleine Szenen.

»Was ist, wollen wir nicht hochgehen?« fragte Takashi dann.

Wir ließen also Hideo Hideo sein und gingen in die Bordbar, um dort einen der süßen Spezialcocktails oder Karkade* zu trinken. Gelegentlich gingen wir auch an Deck und nahmen einen schwarzen Tee.

Wenn wir uns dann in der nachmittäglichen Flußbrise schweigend gegenübersaßen, vergaßen wir die Zeit. Entlang der Ufer zogen im raschen Wechsel Landschaften an uns vorbei: Von öder Wüste zu lebendigem Grün, von überfüllter Stadt zu menschenleerem Urwald. Trotzdem kam es mir vor, als würden diese Nachmittage bis in alle Ewigkeit andauern, wenn ich Takashi ansah, der seinem müden Kopf Kühlung verschaffte, indem er ihn in den Wind und der schönen Flußlandschaft entgegenhielt.

Diese vollkommene Szene mit ihrem zurückhaltenden Glanz hatte, obwohl sie im Grunde genommen nichts Besonderes war, eine gewaltige Kraft und berührte mich zutiefst. Sie wurde in einem Kästchen an der tiefsten Stelle meines Herzens abgelegt, an der Quelle einer geheimnisvollen, niemandem erklärbaren Energie.

Vielleicht deshalb, weil sich Takashi genauso tief in seinem Inneren etwas Sanftes bewahrt hatte... Takashi, der ganz ruhig über die Dinge nachdachte, die ihn an dieser

* Karkade: ein Tee aus Hibiskusblüten, kalt getrunken ein guter Durstlöscher. (A. d. Ü.)

erhabenen Landschaft interessierten, seine Überlegungen am Ende eines Tages überprüfte, gut gelaunt die Abenddämmerung betrachtete und zu Bett ging.

Als er noch jünger war, wirkte Takashi oft total zerstreut. Er war hin und her gerissen zwischen den Extremen: zwischen seinen sexuellen Vorlieben, dem, was er machen wollte, der Stadt Tokyo, seinen Wünschen für das, was die Zukunft ihm bringen sollte, und seinen Empfindungen gegenüber allem, was er hinter sich lassen wollte. Seine Freizeitgestaltung war regelrecht selbstzerstörerisch. Doch bei alledem kam es hin und wieder auch vor, daß ich in ihm den Takashi entdeckte, der er heute ist.

In einer kleinen Geste, darin, wie er vergnügt irgendeine Broschüre las, oder, wenn wir auf Reisen waren, darin, wie er sich auf einer Steinstufe niederließ und in den Himmel schaute, als er hörte, was sich dort früher zugetragen hatte – in all dem zeigte sich sein Hunger nach den kleinen, schönen Dingen.

Diese wahnsinnige Sehnsucht offenbarte sich zufällig in gleißendem Licht, so wie ein winzig kleiner Diamant die Aufmerksamkeit auf einen Smaragd oder einen Rubin an seiner Seite lenkt.

An all das erinnerte ich mich.

Überall dort, wo es wichtige Heiligtümer gab, legte das Schiff an. Wir stiegen aus und besichtigten die Tempel zu Fuß.

Entsprechend dem Wirkungsbereich einer Gottheit war die Stimmung in den Anlagen erstaunlich unterschiedlich. Der Tempel des Chnum zum Beispiel, der die Menschen erschuf, war voller erotischer Darstellungen, der Tempel des Gottes Sobek hingegen, einer bösen Gottheit in Krokodilsgestalt, ließ einen den Glauben bedrohlich, ja sogar würdelos fleischlich erscheinen, und der Tempel des Gottes Horus wiederum, des tapferen Königssohns mit dem Falkenkopf, der am Himmel entlangzieht, war beinahe liebevoll von dessen Jugend, Reinheit und Mut gefärbt.

Als ich diese Anlagen sah, mußte ich immer wieder daran denken, daß der Tempel der Isis und der Hathor auf der Insel Philae, den wir zuerst besucht hatten, tatsächlich nichts anderes als Liebe zum Ausdruck brachte. Wie gut, daß wir ihn zuerst besucht haben, dachte ich. Mir war, als hätte dort die Idee der Liebe in meinem Innersten zu keimen begonnen. Ich wußte, daß sie mit Hilfe einer besonderen Kraft in mir wachsen würde wie Papyrus, der sich mit Wasser vollsaugt.

Die Wege, die wir vom Schiff aus zurücklegen mußten, waren immer gesäumt von fliegenden Händlern. Sie arbeiteten mit unterschiedlichen Methoden. So setzten sie zum Beispiel ihre Kinder auf Esel, ließen sie singen und verlangten Geld dafür, wenn man ein Foto davon machte. Der Weg vom Anleger zu den Tempeln wimmelte von Anhängern dieser »Esel-und-Kind«-Variante, völlig bescheuert. Einige Kinder waren von dieser Arbeit total genervt, andere drehten sich weg oder sangen einfach drauflos.

Einmal war ich fast gerührt, als ich von einer erhöht gelegenen Tempelanlage auf richtige Marktstände schaute. An den dicht nebeneinander gedrängten Gestängen wehten bunt bestickte Galabijas (das traditionelle Kleidungsstück der Ägypter) als Andenken im Nachmittagswind.

Wie Fähnchen tanzten sie im goldenen Licht, das von Westen her einfiel. Als wir jedoch daran vorbeigingen, wurden wir wieder von Straßenverkäufern umringt und mußten uns rennend zum Boot flüchten.

An einem anderen Nachmittag, als unser Schiff unter einer Brücke hindurchfuhr, war ich völlig verblüfft, als oben auf der Brücke Verkäufer warteten, die mit den Passagieren an Deck Handel treiben wollten.

Mit flatternden Galabijas, Bauchtanzkostümen und Tüchern wedelten sie uns von dort oben zu.

»Wie soll das nur mit dem Bezahlen funktionieren?«

Hideo, den das interessierte, machte Anstalten, ein Tuch zu erwerben. Jeden Augenblick konnten wir die Brücke passiert haben. Als die Verhandlungen, die sie mit lauter Stimme geführt hatten, beendet waren und in dem Moment, als sich unser Schiff genau unter ihm befand, warf der Händler das Tuch herunter. Und dann warf er eine Fototasche hinterher, was bedeutete, man solle das Geld da hineinlegen und zusammen mit der Tasche zu ihm zurückwerfen.

Diese Art des Verkaufs war sicher recht kräftezehrend. Als ehrlicher Mensch legte Hideo das Geld hinein und warf die Tasche zur Brücke hoch. Der Straßenhändlerjunge fing sie geschickt auf und lächelte.

»Irgendwie macht es Spaß, wenn zwei, die eigentlich gar keinen richtigen Kontakt miteinander haben, ihren Teil des Geschäfts einlösen und das Ganze mit einem zufriedenen Lächeln quittieren«, meinte Hideo.

Nachts lag das Schiff reglos vor Anker. Abgesehen davon, daß die Temperatur gefallen war, wehte auch noch ein frischer Wind, und es war überraschend kalt, so daß wir uns die meiste Zeit unter Deck aufhielten.

Vor dem Fenster ankerten noch zahlreiche andere Touristenschiffe für die Nacht, die sich alle irgendwie ähnelten. Durch das Licht, das aus ihren Bullaugen drang, wirkte es, als ob unzählige Gebäude auf dem schmutzig glänzenden, dunklen Nil atmeten.

In der Ferne konnte ich am Ufer die Lichter einer Stadt erkennen.

Es war schon fast zur Gewohnheit geworden, daß ich abends mit Yukiko noch ein Bier in der Kabine trank. Denn auch wenn ich behauptete, Hideo und Takashi seien wie Freundinnen für mich, sehnte ich mich doch danach, hin und wieder mit einer richtigen Frau albernes Zeug zu reden oder mich ganz ungezwungen umziehen zu können.

Ich wußte, daß Yukiko in Japan und in Italien Goldschmiedin gelernt hatte. Auch, daß ihr Freund, ein Japaner, sich in Rom zum Koch für die Italienische Küche ausbilden ließ und nächstes Jahr nach Japan zurückkehren würde. Ich wußte, daß sie darüber nachdachten, sich dann in Tokyo gemeinsam eine Wohnung zu suchen, und daß sich die beiden in Italien kennengelernt hatten. Und ich wußte außerdem, daß Yukiko, bevor sie von dieser Reise nach Hause zurückkehren würde, noch einen Monat in Rom verbringen wollte.

All diese Dinge waren nicht auf einmal aus ihr herausgesprudelt. Sie hatte sie mir vielmehr nach und nach erzählt und dabei auf das schwarze Wasser und die Lichter der schaukelnden Schiffe vor dem Fenster geschaut. Jeden Tag war das Gedudel aus der Diskothek im Obergeschoß bis in unsere Kajüte zu hören und rief ein seltsam wehmütiges, sanftes Gefühl in mir hervor.

Wenn man auf Kollegen trifft, mit denen man Gemeinsamkeiten hat, dann weiß man, daß man die gleiche Sprache spricht. Und wenn man sich gegenseitig seine Arbeiten zeigt, dann erkennt man darin, worauf der andere hinauswill und wie ernsthaft er das verfolgt.

Auf dem Schiff hatten wir beide keine unserer Arbeiten dabei. Aber ich hatte das Gefühl, Yukikos vermutlich gewagte, elegante Schmuckstücke zu kennen. Und ich dachte, daß sie mir wohl gefallen würden.

Als Schutz vor der Sonne oder gegen die Kälte hatte Yukiko immer eine knallrote Stola um ihre Schultern oder die Hüften gewickelt. Sie trug grundsätzlich nur kräftige Farben, aber sie paßten ausgezeichnet zu ihren scharf geschnittenen Gesichtszügen. Wenn sie sich bewegte, tanzte sie geschmeidig wie ein zartes Pflänzchen durch das beengte Schiffsinnere. Eine weitere wichtige Szene für meine Erinnerungen.

»Ich glaube, daß eigentlich kaum jemand gerne allein verreist«, behauptete Yukiko einmal.

»Das sagst ausgerechnet du, wo du doch dauernd allein unterwegs bist.« Und sie erklärte mir daraufhin: »Auch wenn man ohne Begleitung aufbricht, so geht doch jeder davon aus, daß er unterwegs irgend jemanden trifft. Niemand möchte die ganze Zeit über nur für sich sein. Isoliert und ohne die anderen ist der Mensch doch gar nicht in der Lage zu handeln.«

»Wohl weil wir sprechen können«, vermutete ich.

Yukiko nickte und antwortete: »Wenn man die ganze Zeit

mit einem Leihwagen Hunderte von Kilometern auf menschenleeren Landstraßen zurücklegt und außer beim Einkaufen kein Wort wechselt, dann wird man zunächst ganz ruhig. Doch schon bald fängt man an, im Geiste unruhig umherzuwandern. Es wird schwer, sich auf das zu konzentrieren, was man direkt vor sich sieht. Und wenn man noch länger so ziellos durch die Gegend zieht, wird man anfangen zu halluzinieren. Schließlich ist man nicht mehr man selbst. Ich glaube, das geht schneller, als man denkt.«

Und dann kam sie wieder darauf zu sprechen: »Ihr drei seid wie Vater, Mutter und Kind.«

»Quatsch! Ich verhalte mich doch wohl nicht wie ein Kind«, entgegnete ich schockiert.

»Nö, Takashi ist das Kind. So sieht es jedenfalls aus. Ihr beiden anderen verhaltet euch wie Eltern, die ihrem unwilligen Kind auf Biegen und Brechen die Sehenswürdigkeiten in diesem Land zeigen wollen.«

Yukiko lachte. Wie gerne hätte ich ihr in diesem Moment von Takashis Krankheit erzählt, ganz vertraulich. Doch noch immer hatte ich das Gefühl, nicht darüber sprechen zu können, und schwieg. Aber sie war sensibel und spürte dieses unschuldige Etwas, das über uns dreien schwebte. Man konnte es als schön, aber auch als angespannt bezeichnen. Selbst wenn sie es genau wüßte, was würde das schon ändern? dachte ich.

»Hey, sag mal, deine erste Liebe, wann war das und mit wem?«

Auch daß Yukiko ganz unvermutet solche Dinge ansprach, kam hin und wieder vor. Wir hatten in ihrer Kabine gerade eine After-Sun-Maske mit Aloe Vera aufgetragen.

»Wie kommst du denn plötzlich darauf?«

»Einfach so. Los, nur zu, erinnere dich!«

Vom Schulhof meiner Grundschule in Nagano aus begann ich meinen Erinnerungen nachzugehen und fragte mich währenddessen: Warum hänge ich eigentlich mitten auf dem Nil meinen Erinnerungen an die erste Liebe nach?

»Ja genau. Als ich in der vierten Klasse war, übernachteten wir alle in einer Berghütte am Yatsugatake*«, sagte ich.

»Hmm.« Yukiko nickte, ohne eine Miene zu verziehen. Wegen der Maske glänzte ihr Gesicht, das lange Haar hatte sie geflochten, und sie saß aufrecht gegen die Rückenstütze ihres Stuhls gelehnt. Sie sah aus wie eine Skulptur.

»Und abends begann ich mich im Flur mit diesem Jungen zu unterhalten. Natürlich standen auch noch viele andere, eigentlich sogar alle, um uns herum und waren mit sich selbst beschäftigt.«

Eine Woche zuvor hatte ich ihm noch einen Streich gespielt. Als wir aufstanden, um unseren Lehrer zu begrüßen, hatte ich dem Jungen den Stuhl weggezogen, und er fiel zu Boden, als wir uns wieder setzten. Ich hatte nicht damit gerechnet, daß noch jemand darauf hereinfallen würde, deshalb war ich erstaunt, wie naiv dieser Junge war.

Inmitten der allgemeinen Stille verursachte sein Sturz ziemlich viel Lärm, deshalb fiel es auch auf. Unser Lehrer war total sauer und schrie mich an. Doch da sagte der Junge: »Schon gut, Herr Lehrer. Sie hat nichts damit zu tun. Ich hab mich versehentlich daneben gesetzt, es war meine Schuld!«

* Yatsugatake: Vulkangruppe (2899 m) in der Präfektur Yamanashi auf Honshu, der Hauptinsel Japans. (A. d. Ü.)

Von wegen deine Schuld, dachte ich, aber seine spontane Freundlichkeit ging mir zu Herzen. Angesichts einer so rührenden Entschuldigung vergaß auch der Lehrer irgendwie seinen Zorn.

»Du hast ihn zu Fall gebracht, und dafür hat er sich in dich verliebt. Das ist doch einfach«, sagte Yukiko, und ich erzählte weiter: »Am Abend, zu einer Zeit, da wir normalerweise schon längst wieder bei unseren Eltern gewesen wären, waren wir noch immer glücklich beisammen und konnten nicht aufhören zu erzählen. Wir waren noch Kinder, deshalb kam es mir gar nicht in den Sinn, ihn zu berühren. Ich spürte lediglich, wie wertvoll diese Zeit war. Nicht, daß wir uns etwas Besonderes erzählt hätten, jedes Thema wäre uns recht gewesen. Das Licht wurde ausgeschaltet, alle waren irgendwohin verschwunden und hatten sich noch über uns lustig gemacht, aber dieser Junge und ich waren einfach die ganze Zeit in der Dunkelheit stehen geblieben und hatten uns weiter unterhalten. Es ging um überhaupt nichts Konkretes. Das Wort Liebe wurde nicht ausgesprochen. Da war nur diese Verwirrung, wenn man sich mag.«

»Ging es weiter?«

»Nein, ich kam in eine andere Klasse, und die Sache verlief im Sande.«

»So ist das Leben.«

Merkwürdigerweise kann ich mich nicht daran erinnern, seit ich erwachsen bin, jemals einen Augenblick erlebt zu haben, in dem mir eine so tiefe Zuneigung entgegengebracht wurde, wie ich sie damals im Dunkeln verspürte. Wahrscheinlich, weil Erwachsene immer an das denken, was danach kommt. Aber das ist doch eigentlich belanglos. Jene prickelnde, knisternde Verwirrung, die die Dunkelheit damals erfüllte, das war wirklich etwas Wunderbares.

»Also, um ehrlich zu sein: Mein jetziger Freund ist meine erste Liebe«, gestand Yukiko.

»Du willst mich veralbern.«

»Nein, wirklich. Bis vor fünf Jahren, als wir uns zum ersten Mal trafen, war ich noch Jungfrau. Ich hatte noch nie jemanden geliebt, deshalb dachte ich auch schon, daß irgend etwas mit mir nicht stimmt.«

»Du warst nie verliebt? Nicht ein klitzekleines bißchen?«

»Nie.«

»Warum nicht?«

»Vermutlich, weil ich alles selber machen konnte. Ich konnte Auto fahren, mich in einer anderen Sprache unterhalten, ich hatte sogar Mut und war ständig auf Reisen, deshalb. Und weil ich mir ganz allein sowohl Mann als auch Frau sein konnte, nehme ich an«, sagte Yukiko.

»Und was ist an ihm so Besonderes, daß du dich in ihn verliebt hast?«

»Tja, das ist eine gute Frage. Daß er, wohin wir auch gingen, immer auffiel, vielleicht? Ich finde, daß er klarer aussieht als andere.«

»Eigenartiger Grund.«

Jeder Mensch ist eben anders, dachte ich.

»Für mich war das wichtig. Bis dahin hatte ich irgendwie vergessen, daß es auch noch andere Menschen gibt. Ich war mir selbst genug«, stellte Yukiko fest.

Über derlei harmlosen Geschichten war die Nacht allmählich immer tiefer geworden. Auch die Musik im Oberdeck hatte aufgehört, und man konnte die Schritte der Passagiere hören, die in ihre Zimmer zurückkehrten.

Mir kam es vor, als hätten diese vogelgleiche Frau und ich über Jahre hinweg schon immer solche Gespräche geführt. Derartige Begegnungen finden dann statt, wenn der Geschlechtsunterschied aufgehoben ist. Sie erscheinen mir sogar mystisch. Es haftet ihnen ein Hauch immerwährender Freiheit an, wie einem Falken, der am Himmel seine Kreise zieht. Zwei Samen, die auf diesem weiten, weiten Planeten, den wir Erde nennen, ausgesät wurden, deren Keimlinge sich unvermeidlich und ohne zu wissen, warum, an einem dünnen Faden entlanghangeln und trotz aller Hindernisse zueinander finden.

Und die Tatsache, daß wir beide hier Frauen waren, daß wir zarte Hände hatten und den Saum unserer Röcke zum Schwingen brachten, ließ es mir so vorkommen, als würde auf dem nächtlichen Nil ganz still eine Blume erblühen.

Zur Abenddämmerung legte ich mich auf einen der Liegestühle am Pool und las in einem Buch. Yukiko setzte sich neben mich und schaute auf den Fluß. In ihrem Gesicht begann sich das transparente Licht der Sonne abzuzeichnen.

Dann kamen Hideo und Takashi völlig gelangweilt die Treppe hoch. Sie setzten sich neben uns, und wir bestellten etwas zu trinken.

In der Ferne konnte man die Berge erkennen. Der Nil war so weit wie das Meer und lenkte gemächlich unser Schiff.

Der Wind wehte und riß die Hitze, die uns nicht zum

Schwitzen brachte, mit sich fort. Es fühlte sich an, als sei der ganze Körper unter den vollkommenen Strahlen der Sonne gereinigt worden.

Die Sonne begann gerade eine leicht orangene Färbung anzunehmen. Als erstes verwandelte sie die ferne, gelblich-sandfarbene Bergkette. Dann wurden deren Verwerfungen etwas dunkler, und als ich dies bemerkte, waren auch schon die Berge entlang des Flusses ausnahmslos in eine frische Farbe getaucht, die weder Gold noch Orange war.

Von violett bis rosa begann der Himmel plötzlich alle Nuancen aufzuweisen, die dieses Farbspektrum auf der Erde hat. Goldene Lichtstrahlen ergossen sich über unser Schiff und tönten die Haut der Freunde.

Die Sonne, der Gott dieses Landes, zog sich immer mehr zurück. Mein Herz vermißte sie unwillkürlich. Ich verstand nun die Menschen, die früher darum gebetet hatten, daß sie am nächsten Morgen wieder aufgehen möge.

Jener goldene Wagen, in dem die Schönheit und Lebenskraft immer wieder aufgestiegen waren, beherrschte einfach jede Vorstellung. Beruhigend überzog die Sonne alles mit einem gleichmäßigen goldenen Schleier, führte die Menschen zu einer stillen Meditation und schrieb einen Tag, an dem vieles geschehen war, um zu einer Geschichte der rituellen Reinigung. Sie ließ uns wieder unseren kleinen Verrichtungen nachgehen.

Das ist die Kraft der Sonne.

Nichts auf dieser Welt ist gewaltiger als sie. Sie beherrscht die Kunst, alles in Gold zu verwandeln.

Wenn es etwas gibt, das dieses so gnadenlos den Naturgewalten ausgelieferte Land erhält, dann ist es die Sonne.

Ich sah Menschen, die uns vom Flußufer her zuwinkten.

»Unglaublich! Wenn man genau zuhört, versteht man, daß sie ›Bakschisch!‹ rufen und um Geld betteln. Wie denken die sich das, auf die Entfernung?« sagte Hideo. Sein lachendes Gesicht leuchtete orange.

»Also, ich höre daraus einen Gruß«, antwortete Takashi. Auch sein lachendes, von der Sonne gebräuntes Gesicht hatte diese Färbung angenommen.

Genau dieses Gefühl hatte ich schon einmal. An jenem Tag im Garten von Takashis Haus, als ich den Sonnenaufgang beobachtete.

Ich gab mich der Illusion hin, daß zwischen jenem Sonnenaufgang und dem Sonnenuntergang hier nur ein einziger langer Tag gelegen hätte.

Alle Menschen an Deck betrachteten lange die Abendsonne. Menschen aus aller Herren Länder. Die riesige, glühend orangefarbene Scheibe begann langsam hinter dem Erdball zu versinken.

Es war eine Stimmung, in der Gebete geboren werden. Ich dachte, daß ich kein bißchen schneller sein wollte als die Natur. Und ich spürte deren mächtige Autorität, die es nicht zuließ, auch nur etwas schneller zu werden. Die die Dinge wachsen ließ und sie zerstörte, die etwas zum Keimen brachte und es der Erde wieder zurückgab. Eine riesige Uhr, die die Welt bewegt.

Hier hatte der Sonnengott noch immer Einfluß.

Ein Abend in Luxor und eine Kutsche für Könige und Königinnen

Yukiko hatte gesagt, sie würde Parfüm für eine Freundin kaufen, und sich allein irgendwohin auf den Weg gemacht, also beschlossen wir drei Zurückgebliebenen, ins Stadtzentrum zu fahren.

»Laßt uns eine von den Kutschen nehmen! Die da vorne, die, die so prächtig mit Gold und Blau geschmückt ist.«

Hideo hatte sich von einem der Kellner, mit dem er sich auf dem Schiff angefreundet hatte, ein paar Tips geholt, wohin man gehen könnte, und war guter Dinge. Folglich setzte er sich auch, als wir unsere Droschke bestiegen, neben den Kutscher auf den Bock und schien ihm eifrig zu erklären, in welche Straße er uns fahren solle und wie der Name des Lokals lautete.

Takashi und ich ließen uns nebeneinander auf der kitschig ausstaffierten Rückbank nieder, die mit einer Sonnenblende versehen war.

Unsere Kutsche wirkte auf den ersten Blick zwar prachtvoll, doch bei näherem Hinsehen war sie nur aus Kunststoff gefertigt und dünnwandig. Auch die Dekoration bestand lediglich aus einer Art Goldpapier, das auf Plastik geklebt worden war.

Auf sonderbare Weise paßte sie jedoch zu der samtigen Abendluft. Möglicherweise gab es dafür historische Gründe, vielleicht hatte es auch mit der gewaltigen Tempelanlage zu tun, jedenfalls waren die Abende in Luxor feucht und diesig, man hätte meinen können, sie seien lebendig. Ihre sinnliche Atmosphäre schien in die Haut einzudringen.

Als die Droschke in voller Fahrt am Ufer des Nils entlangpreschte, war ich zutiefst beeindruckt. Denn bei einer Geschwindigkeit, die außerhalb dessen lag, was Pferde eigentlich leisten können, wirkte die Landschaft unnatürlich, wie eine Kulisse.

»Wife?« fragte der Kutscher Takashi. Er hatte sich umgedreht und zeigte auf mich.

»Sure!« antwortete ich.

»Beautiful, you are lucky!« sagte der Kutscher zu Takashi.

»Do you have wife?« fragte Takashi ihn in gebrochenem Englisch.

»No wife, but many girlfriends! Special girlfriend is eighteen!« erklärte der Kutscher. Er selbst war so um die vierzig. Ein Grund mehr, sich zu freuen.

»But you are lucky, your wife is beautiful! And this is special coach! For king and queen!«

Da er das so voller Enthusiasmus behauptete, kam es uns, die wir in dieser wenig vertrauenerweckenden Kutsche saßen, tatsächlich so vor, als wären wir in Gold gehüllt, wie ein König und eine Königin.

Ich starrte gebannt auf den Nil, der im Rhythmus der Kutsche hin- und herzuschaukeln schien. Viele Schiffe hatten für die Nacht angelegt. Bis weit in die Ferne wogten ihre Lichter auf der Wasseroberfläche. Eine auf ihre Art reiche Stadt. Die Bäume am Straßenrand verbreiteten einen zarten Duft, alles verströmte Leben und atmete ganz ungezwungen.

Myriaden von Sternen leuchteten gleichmäßig über dem Nil und der Stadt, und das Klappern der Hufe verband sich in wundersamer Harmonie mit dem Scheppern der Kutsche. Ihr lebendiger Rhythmus hallte durch den Ort. Aus asphaltierten Straßen wurden schon bald kleine Gäßchen, in denen der Staub tanzte. Wir verabredeten einen Treffpunkt, an dem uns der Kutscher wieder abholen sollte, und stiegen an einer belebten Straßenecke aus.

Die Menschen in der Stadt schienen sich mit aufgesetzter Heiterkeit wie in einer Filmkulisse versammelt zu haben. Die abendlichen Straßen waren mit Leben erfüllt. Es waren überhaupt keine Frauen unterwegs. Die Männer rauchten Wasserpfeife, hatten Stühle an den Straßenrand gestellt und spielten etwas, das für mich nach Backgammon aussah.

Wir setzten uns in ein Café. Es befand sich im Erdgeschoß eines preiswerten Hotels für Ausländer. Man hatte Tische und Stühle auf die Straße gestellt. Irgendwie erinnerte mich das an die schmale Veranda japanischer Häuser im Sommer. Ich trank heißen Pfefferminztee. Hideo machte einen tiefen, gluckernden Zug von seiner mit Honigtabak gestopften und mit kitschigen Ornamenten reich verzierten Wasserpfeife. Mittlerweile war mir aufgefallen, daß die Menschen, wenn sie das taten, offensichtlich keine Zeit mehr hatten, sich noch um andere Dinge zu kümmern.

Takashi trank Herba, eine gelbe Flüssigkeit, deren ungewohnter Geschmack an ein Mittel gegen Magenbeschwerden erinnerte.

»Irgend etwas liegt mir schwer im Magen, und ich hab

gehört, daß das helfen soll.« Kaum hatte Takashi das gesagt, meinte Hideo:

»Du stirbst doch sowieso bald. Ganz egal, was du jetzt noch trinkst.«

Ich war fassungslos, daß Hideo einen so derben Witz anbrachte. Takashi schien sich durch die Nächte im gemeinsamen Zimmer schon daran gewöhnt zu haben und lachte nur:

»Misch dich gefälligst nicht in meine Angelegenheiten.«

Hideo konnte sich wohl nur durch solche Scherze mit seiner eigenen Situation anfreunden.

»Aber da ist was dran. Ich bin empfänglicher geworden für das, was dem Körper guttun soll«, meinte Takashi plötzlich.

Im heillosen Chaos der Gassen liefen die Menschen geschäftig von hier nach dort. Die Gebäude waren dicht aneinander gebaut. Hotels, Cafés, Wohnhäuser, Kramläden. Es gab so gut wie keine Geschäfte, die sich speziell an Touristen wandten. Lediglich ein kleiner Laden für modische Accessoires bot Silberarbeiten zum Verkauf an.

»Aha«, gab ich zur Antwort.

Hideo war schweigend in die Welt seiner Wasserpfeife versunken und ließ süßen Honigduft verströmen, doch diesmal war seinen Augenbrauen abzulesen, daß er wirklich irritiert war.

Takashi fuhr fort: »Ja, und wenn mir etwas Spaß macht, kann ich es viel besser genießen als früher. Schwierige Augenblicke wiegen zwar hundertmal schwerer, aber in schönen Momenten und in Zeiten, wenn mich die Kräfte verlassen, habe ich ein solches Glücksgefühl, daß es mir vorkommt, als würde ich schweben. Wieso konnte ich die Welt bisher nicht mit solchen Augen sehen? Wenn ich es mir recht überlege, habe ich nicht eine einzige Erinnerung.«

»Keine? Das kann ja wohl nicht sein! Unsere erste Nacht, als wir im Morgengrauen in Shinjuku Ramen* zusammen gegessen haben... hast du die etwa vergessen?« Hideo hatte unwillkürlich die Lippen vom Mundstück seiner Pfeife gelöst und mit lauter Stimme gesprochen.

Takashi lachte.

»Natürlich nicht. Trotzdem war alles immer irgendwie hektisch. Ich dachte dauernd: Und jetzt dies noch, und jetzt das noch. Deshalb ist das auch meine erste Reise mit euch. Hätten wir das doch nur schon viel früher gemacht!«

Ich war erleichtert, weil das nicht nur ein trauriges Geständnis war, sondern schlichtweg ein Monolog über das Glück und aufrichtige Gefühle.

Auf der Rückfahrt dachte ich nach.

Im Hinblick auf das Leben konnte ich Takashis getriebenem Wesen nicht folgen. Ich lebe immer aufs Geratewohl, und das, was man unter Zukunft versteht, ist mir irgendwie unheimlich.

Auf der gestalterischen Ebene dagegen war das anders. Wenn ich etwas fertiggestellt habe, das ich schön und gelungen finde, dann möchte ich einerseits genau dieses Niveau für immer halten, doch gleichzeitig fühle ich mich intensiv zu einem Licht hingezogen, das mir sagt: »Mach es

* Ramen: chinesische Nudelsuppe, die in Japan überall in vielen verschiedenen Variationen und riesigen Portionen angeboten wird. Viele Rāmenbuden haben rund um die Uhr geöffnet. (A. d. Ü.)

noch besser!« Wenn ich mich ihm zu sehr nähere, zerstreut sich meine Energie. In solchen Momenten denke ich: Vielleicht strandet ja eines Tages jemand, für den ich einen Ring angefertigt habe, und lebt allein auf einer einsamen Insel. Wie tröstlich müßte es für ihn sein, wenn dieser Ring das einzige wäre, das ihm aus seinem früheren Leben geblieben ist? Dann würde diese Person vielleicht spüren, daß ich alles in den Ring hineingelegt habe, ja vielleicht sogar, daß er mehr ist als nur irgendein gewöhnlicher Gegenstand. Es gibt einfach zu viele Dinge auf dieser Welt, und ich trage mit jedem neuen Ring, den ich anfertige, mit dazu bei, daß es mehr werden. Um jedoch bis zur Seele eines jeden Stückes vordringen zu können, müßte man es lange und intensiv betrachten, doch dafür fehlt meistens die Zeit. Ich hatte meine Überlegungen laut vorgetragen und fragte Takashi nun: »Meinst du so ein Gefühl?«

Die Glöckchen am Zaum der Pferde klangen hell, und der Zierat der Kutsche schwang im Rhythmus dazu.

»Das kommt dem schon nah. Ich fühle mich immer eingeengt, wie in eine Kiste gesperrt, sobald ich auch nur annähernd das Gefühl habe, irgendwo angekommen zu sein oder Erwartungen entsprechen zu müssen. Dann will ich sofort wieder weiter. Dabei sollte man sich die Zukunft doch eigentlich offenhalten. Nach außen hin lasse ich mir das natürlich nicht anmerken.«

So gesehen kam es mir jetzt vor, als hätte der Takashi, mit dem ich früher zusammenlebte, immer wenn er fürchtete, in eine plötzliche Depression zu verfallen, ungeduldig irgend etwas Neues angefangen oder nur von morgen beziehungsweise über die nahe Zukunft gesprochen. In solchen Momenten kam die Energie, von der er ergriffen wurde, nicht von der Sonne, dem Licht oder dem Leben, sondern es schien, als hätte der Tod ihn aufgesucht.

»Ein Tempel! Ein Tempel!« rief Hideo von vorne.

In der Dunkelheit erkannte ich schöne Säulen, die dicht nebeneinander standen. Jede stellte ein Bündel Papyrusdolden dar.

»Der Tempel von Luxor«, bemerkte Takashi.

»Daß der einfach so in der Stadt herumsteht, wunderbar! In einer Stadt wie hier wirkt er beinahe wie Schutt, wie etwas, wovon es zuviel gibt. Fast wie ein ganz normales Haus«, sagte Hideo.

Der würdevolle Tempel war ruhig und friedlich in Dunkelheit getaucht, so als hätte drinnen jemand das Licht gelöscht und sich schlafen gelegt.

Als ich hochschaute, sah ich hinter dem Sternenschmuck unserer Kutsche, der still funkelnd hin- und herschaukelte, Hideos Katzenbuckel und daneben den Rücken des hochgewachsenen Kutschers, der wirkte, als wäre er sein Vater. Hoch über den beiden leuchteten die echten Sterne am tiefschwarzen Himmel.

»Und jetzt? Takashi! Wie ist es jetzt? Auf unserer Reise…« fragte ich.

»Jetzt vergesse ich schon mal die Zeit«, sagte Takashi, während er das riesige Tempeltor musterte, durch das wir gerade hindurchfuhren.

»Es gibt viel zuviel zu sehen, alles ist viel zu groß, als daß ich die Zeit hätte, über die Zukunft und all das nachzudenken.«

Er sah glücklich aus.

Was nicht bedeutete, daß er die ganze Zeit über mit einem beseelt lächelnden Gesicht herumlief. Wenn seine Lider morgens so verquollen waren, als hätte er sich nachts die Augen ausgeheult, mochte man ihn manchmal kaum ansprechen, so traurig schaute er in die Welt. Aber genauso gut konnte es auch sein, daß er ein Glück ausstrahlte wie nie zuvor.

Diese Schwankungen spiegelten jedoch weniger seine Verunsicherung, als daß sie den Eindruck vermittelten, Takashi ergründe Takashi.

Ja, und ich hingegen verspürte, wenn ich plötzlich bei irgendeiner Gelegenheit von ihm berührt wurde, einen kurzen Moment der Anspannung... Ich konnte nicht anders, ich mußte an das Virus denken. Es war nur ein kurzes, schwaches Aufflackern, von dem ich nicht hätte sagen können, ob es mir überhaupt zu Bewußtsein kam oder gar nicht so weit vordrang.

Meine flüchtige Empfindung übertrug sich deutlich auf den sensiblen Takashi. Das ist anders als bisher... diese Worte wurden von den dunklen Gewässern am Grund meines Herzens an die Oberfläche gespült.

Ganz unabhängig davon, daß wir uns schon lange nicht mehr geküßt und auch keinen Sex mehr miteinander hatten... ich würde nie wieder inmitten der Dunkelheit so unbefangen, wie man gierig einen Schluck Wasser trinkt, alles mit ihm teilen können... Ja, und für Takashi war es damit sowieso längst vorbei.

Ich hätte mir nie träumen lassen, daß uns diese Tatsache so traurig machen und uns so verhärten würde. Es war nur eine winzige Nuance in unserem Verhältnis, aber sie war schmerzlich und schwerwiegend, wie ein Schicksalsschlag, an dem die Liebe plötzlich zerbricht.

Selbst harmlose Alltäglichkeiten würden für alle Zeiten von dieser alles bestimmenden Kraft überschattet werden. Und niemand konnte irgend etwas dagegen tun.

Im Tal der Könige, Yukiko und das ägyptische Totenreich, Thutmosis III.

»Wir hatten früher ziemlich viele Katzen zu Hause«, erzählte Yukiko. »Und, na ja, eines Tages sterben die eben, nicht wahr? Immer, wenn es soweit war, haben wir sie im Garten unterm Pflaumenbaum begraben. Nach vielen, vielen Jahren, in denen wir das immer und immer wiederholt haben, hatten wir so viele Kadaver verbuddelt, daß wir nicht mehr wußten, welches Grab zu welcher Katze gehörte.«

»Wie kommst du jetzt darauf?« wunderte sich Hideo. Dabei wischte er sich mit einem Taschentuch den Schweiß von der Stirn. Es war ein heißer Tag. Die Sonne knallte unerbittlich auf uns nieder, und ich war zu keinem klaren Gedanken mehr fähig.

In dem riesigen Talkessel des Kalksteingebirges, in dem nicht ein einziger Grashalm wuchs, schliefen die Könige ihren ewigen Schlaf. Auf einer Bergspitze mit der Bezeichnung ›das Horn‹ ragte eine Art natürlicher Pyramide empor. Hier thronte eine Göttin, deren Name soviel bedeutet wie ›die das Schweigen liebt‹. Die Könige hatten gehofft, daß ihre Gräber hier, weit abseits vom Nil, von Plünderern verschont blieben. Sie waren von absoluter Stille umgeben.

Obwohl so viele Touristen unterwegs waren, erschienen sie mir wegen der unglaublichen Ausdehnung des Tals wie Ameisen, die in einer Handmulde krabbeln.

»So viele Gräber auf einem Haufen. Deshalb dachte ich: Das erinnert dich doch irgendwie an den Garten zu Hause. Bei uns kann man einfach kein Loch mehr graben und einen Baum oder so was pflanzen!«

»Vielleicht ist das tatsächlich vergleichbar. Hier hat man auch Gräber übereinandergeschichtet. Das Grab des Tutanchamun zum Beispiel liegt unter dem von Ramses VI., deshalb blieb es auch von Räubern unentdeckt. Einschließlich der Ruhestätten, die noch nicht zugänglich gemacht wurden, gibt es hier insgesamt fünfundsechzig Gräber!«

»So 'n Pech, verloren! So viele Katzen haben wir in unserem Garten dann doch nicht beerdigt!«

Während wir unseren Weg im Schneckentempo fortsetzten, hatten die beiden ihre Unterhaltung weitergeführt.

Wir kauften Eintrittskarten aus hauchdünnem Papier und zogen von einem Grab zum nächsten. Die Räuber waren wirklich skrupellos vorgegangen. Sie hatten bis auf die Bilder, die auf die Wände gemalt worden waren, alles geplündert, wirklich alles. Man hätte meinen können, sie seien dabei mit dem gleichen Eifer vorgegangen, mit dem die Gräber errichtet worden waren. Was war das nur für eine Tätigkeit, so weit im Hinterland und im Schutz der Dunkelheit Königsgräber aufzubrechen? Welche unglaubliche Ignoranz erforderte das? Und was mag es für ein Gefühl gewesen sein, das Glück einer Wiedergeburt im Jenseits einfach über den Haufen zu werfen, noch dazu in der damaligen Zeit? Doch selbst heute leben Grabräuber in Ägypten. Nur rauben sie keine Schätze mehr, sondern plündern das verwertbare Baumaterial der Anlagen. Ich hatte hier einen Jugendlichen kennengelernt, der mir aufgrund eines Zeitungsartikels über Grabräuber und obwohl er diesen Zustand in gewisser Weise beklagte, sagte: »Aber was macht das schon? Auch wenn gestohlen wird, es gibt schließlich noch genug davon.«

So selbstverständlich wie man früher beim Tempelbau die Steine älterer Anlagen in der Umgebung verwendete, bedient man sich auch heute noch beim Hausbau der Steine benachbarter Ruinen, so jedenfalls berichtete der Junge.

Eine nie versiegende oder zumindest eine scheinbar nie versiegende Quelle.

Wie dem auch sei, ich war froh, mir die farbigen Malereien ansehen zu können, von denen uns die Tempel und Grabanlagen, die wir bisher besucht hatten, nur eine vage Vorstellung vermitteln konnten. Hier in den Gräbern, in den fein gemalten Bildnissen der Gottheiten und Könige und den Darstellungen der Schiffe und Speisen, waren Blau, Rot, Gold, Grün und Gelb in leuchtend frischen Farben wunderschön erhalten geblieben.

Diese farbigen Wandgemälde herzustellen muß furchtbar viel Zeit in Anspruch genommen haben. Man nimmt an, daß dafür zunächst Kalkstein fein zermahlen und dieser dann mit Bienenhonig, Eiweiß sowie den gewünschten Farbpigmenten vermengt wurde. Diese Masse ließ man anschließend in der Sonne trocknen und erhielt so das Ausgangsmaterial für die Bemalung. Nachdem man die Farbe aufgetragen hatte, sollen die fertigen Bilder abschließend mit Bienenwachs versiegelt worden sein. Die Menschen, die hier, im Land des ewig blauen Himmels, einer solchen Tätigkeit nachgingen, arbeiteten den ganzen Tag in der Dunkelheit der Gräber. Was mögen sie wohl empfunden haben, wenn sie wieder ans Tageslicht kamen und ihren Blick zum strahlend blauen Himmel über dem Tal erhoben?

Die Aussicht auf das Tal dürfte sich damals wohl kaum von der heutigen unterschieden haben.

Wie nicht anders zu erwarten, war in den Räumen, die für die Grabbeigaben bestimmt waren, kein einziger Gegenstand zurückgelassen worden.

»Dieser Raum war vermutlich voll mit Krügen.« In der Kammer, von der wir das annahmen, waren viele Gefäße an die Wand gemalt worden, und dort, wo lauter Musikinstrumente abgebildet waren, hatte man wohl ausschließlich Musikinstrumente beigelegt. Es gab auch Räume für Teppiche, Möbel und für Nahrungsmittel. Obwohl sie völlig ausgeraubt waren, konnte man das problemlos nachvollziehen.

Doch dann versuchte ich mir vorzustellen, man würde die Wände eines Weinkellers über und über mit Bildern vom Wein bemalen, und empfand sowohl die merkwürdige Selbstverständlichkeit als auch die leidenschaftliche Hingabe, die einem solchen Gedanken gleichermaßen zugrunde liegen.

Diese Gesinnung ist auch den modernen Ägyptern noch zu eigen. Im Islam ist es von besonderer Bedeutung, einmal im Leben nach Mekka zu pilgern. Diejenigen, die schon in Mekka waren, hatten früher deutlich sichtbar ein großes Kamel an ihre Hauswand gemalt, denn sie hatten ihre Reise ja auf dem Rücken eines Kamels zurückgelegt. Da man aber heutzutage mit dem Schiff oder dem Flugzeug reist, werden folglich auch Schiffe oder Flugzeuge an die Wände gepinselt. Ich war anfangs recht überrascht über die Darstellungen von Jumbo-Jets an den Fassaden.

Im Laufe der Zeit würden auch diese Bilder verfallen. Sie würden sich mit den Überresten der Ruinen unter denselben Boden mischen, und was haltbar ist, würde überdauern, was vergänglich ist, für immer ausgelöscht.

Wenn man täglich von verfallenen Gemäuern umgeben ist, wird sich das daraus resultierende Zeitempfinden auf das Unterbewußtsein auswirken. Und es wird in den Glauben Eingang finden.

»Es heißt, daß der Mensch, wenn er stirbt, in den Zustand von Ka übergeht«, erzählte Yukiko. Sie interessierte sich sehr für die Jenseitsvorstellungen der alten Ägypter und wußte einiges darüber. Hideo nannte Yukiko, die gelegentlich ihre merkwürdigen Kenntnisse zum besten gab, eine »Meisterin des ägyptischen Totenreichs«.

Als sie auf die Oberschule ging, war in Yukiko plötzlich ein unerklärliches Interesse an Mumien erwacht. Sie wollte mehr über die Kultur erfahren, die so etwas hervorgebracht hatte, und hatte wohl seitdem immer wieder Bücher über die Betrachtungen der alten Ägypter zu Leben und Tod gelesen. Deshalb kannte sie sich mit merkwürdigen Geschichten bestens aus, ob sie nun stimmten oder nicht, sei dahingestellt. Ihre geheimnisvollen Kenntnisse verliehen unserer Reise eine wundersame Färbung. Denn wenn das, was wir gewöhnlich sahen, das offizielle Ägypten war, dann schien es mir, als zeigte sich uns durch ihre Schilderungen hin und wieder seine verborgene Seite.

»So, wie man bei uns zum Geist wird?*« fragte ich.

Das war, als wir auf dem Weg zum Grab von Thutmosis III. vor lauter Durst kurz stehengeblieben waren, um etwas Saft zu trinken. Wir waren zu Fuß unterwegs, und da wir durch die pralle Sonne liefen, mußte ich feststellen, daß ich klatschnaß war. Meine körperlichen Qualen hatten mich in diesem Moment völlig in Beschlag genommen, aber in der Erinnerung verschwinden solche Erlebnisse immer. Erst das helle Blau des Himmels, der aussah, als posierte er für ein Foto, die sandfarbenen Berge und die schwindelerregende Dunkelheit des Grabzugangs konnten wieder die Lebensgeister in mir wecken.

Nachdem wir sie dazu aufgefordert hatten, fuhr Yukiko mit ihrem Vortrag über die Jenseitsvorstellung der alten Ägypter fort.

»Ja, was für uns die Geister sind, ist hier Ka. Ka ist dem Menschen ähnlich, es versteht den Menschen, und es ist für ihn sichtbar. Ba hingegen kann man nicht an seiner menschlichen Gestalt erkennen. Es wird nur in Gestalt einer Gottheit oder einer schönen Landschaft im Totenreich sichtbar. Die höchste Gottheit des Totenreichs ist Osiris, jener Gott also, von dem wir in den Tempeln und hier in den Grabstätten schon so viele Darstellungen gesehen haben. Osiris war ursprünglich ein Mensch. Nachdem er gestorben war, wurde sein Körper versehentlich in vier Teile zerschnitten, denn unter den Menschen, die die Bestattungs-

* Als Geister, yurei, bezeichnet man die Totenseelen der Verstorbenen im Buddhismus. Sie befinden sich auf dem Weg ins Jenseits, wo sie zu Boddhisatvas werden, wenn sie ein gutes Leben gelebt, oder in der Hölle schmoren, wenn sie ein schlechtes Leben gelebt haben. (A. d. Ü.)

zeremonie durchführten, waren auch unwissende Heiden. Dieses Ereignis erschien seiner Schwester Isis, die bereits in das Totenreich eingegangen war, im Traum. Weil Osiris zerteilt worden war und somit kein Herz mehr hatte, konnte er von der Feder der Maat kein Urteil erwarten. Da sammelte Isis die Leichenteile zusammen, murmelte eine Beschwörungsformel, und der Körper des Osiris fügte sich wieder so zusammen, wie er ursprünglich gewesen war. Dann zogen die beiden zum Totengericht vor den Gott Thot, aber da dieser Bedenken hatte, ein Herz, das den Körper schon einmal verlassen hatte, ein zweites Mal zu entnehmen, erlaubte er Osiris, in das Reich der Toten einzugehen, ohne ihm das Herz entnommen und es gewogen zu haben. Doch Seth, der Gott der Finsternis, erfuhr davon, daß Osiris von Thot bevorzugt worden war, und sann auf Rache. Seth vierteilte Osiris ein weiteres Mal und vergrub die Leichenteile unter den Pfeilern des Totenreichs, die nach Osten, Westen, Süden und Norden wiesen. Aber auch nun wurden sie wieder von Isis mit Hilfe einer Zauberformel, die diese vom Gott Thot erhalten hatte, zusammengefügt und nahmen Osiris' ursprünglichen Körper an. Doch Kummer und Leid setzten sich auch danach für ihn fort. Mal wurde sein Leichnam verbrannt, dann konnte er nicht mehr sprechen oder wurde von Schlangen, Eidechsen und riesigen Gottesanbeterinnen angegriffen, und sogar im Totenreich, nämlich in der Unterwelt, dem grausamen Schattenreich, in dem sich nur die Seelen derjenigen aufhielten, deren Herz vom Totengericht als sündig verurteilt worden war, wurde er hintergangen. Er sollte sich von Abfällen ernähren. Hätte er davon gegessen, wäre es seiner

Seele womöglich verwehrt gewesen, in den Himmel der Seligen zurückzukehren. Doch aller Widrigkeiten zum Trotz gelang es Osiris schließlich in seinem letzten Abenteuer, die Welt, die von Dunkelheit bedeckt war, mit dem Licht der Sonne zu neuem Leben zu erwecken. Und als die Dunkelheit dem Licht gewichen war, erhob Thot Osiris in den Götterstand. Das ist auch der Grund dafür, daß die Verstorbenen hier in Ägypten alle Osiris Soundso heißen, also einen Namen tragen, der mit Osiris gebildet wird.«

Diese Geschichte, die wir inmitten der Grabkammer, weit abseits vom Gedränge der Touristen um uns herum, hörten, hallte leise in meinen Ohren. Sie schien einen eigenartig realen Kern zu haben.

Demnach hätten die Menschen also, obwohl sie nach dem Tod in der jenseitigen Welt dieses merkwürdige andere Leben beginnen und dort als gottähnliche Wesen weiterleben würden, in diesem Tal nur ihre sterblichen Überreste zurückgelassen und die Gegenstände, die sie benötigten, um ihre Reise ins Jenseits anzutreten?

»Die Zeremonien, die hier abgehalten wurden, waren nicht so sehr dazu da, Frieden mit der diesseitigen Welt zu schließen, sondern sie zeigten die Wahrheit des Totenreichs auf und waren für den Aufbruch in ein neues Leben bestimmt. Sogar in der Stunde ihres Todes dachten die Menschen an nichts anderes als an die Zukunft.«

Die Grundlage für den unglaublichen Eifer, der hier seine Spuren hinterlassen hatte, bildete der leidenschaftliche Glaube an ein Leben im Jenseits. Warum nur vermitteln die Mythen vom Reich der Toten, egal welcher Kultur sie entstammen, immer den gleichen Eindruck, nämlich daß sie traurig, schön aber auch irgendwie unangenehm beschwerlich und gleichzeitig wehmütig sind? Vielleicht weil unser aller Denken von diesen Mythen geprägt ist? Oder weil jeder eines Tages in das Reich der Götter eingehen wird? Das weiß wohl niemand.

Das Grab von Thutmosis III. war etwas anders als alle bisherigen. Um es vor Dieben zu schützen, hatte man von einer relativ hoch gelegenen Stelle aus ein sehr, sehr tiefes Loch gegraben. Dieser Tatsache hatten wir es zu verdanken, daß wir zunächst einmal schnaufend eine atemberaubend hohe Treppe erklimmen mußten.

Doch sämtliche Anstrengungen der Erbauer waren vergebens, die Diebe hatten offenbar alles mitgehen lassen. In dem Grab war nichts, aber auch gar nichts zurückgelassen worden, es war erschütternd leer.

»Mit bestem Dank für Ihre Bemühungen.« Dieser Satz ging mir die ganze Zeit durch den Kopf, während ich durch die schwülen unterirdischen Gänge lief. Im Grab von Thutmosis III. fanden sich die gleichen Motive, die wir schon so oft gesehen hatten, aber das Blau des Himmels, das die Grabdecke zierte, und die Art und Weise, wie die unzähligen, mit hübschen Strahlen versehenen, goldenen Sterne darauf aufgetragen worden waren, ließen sie mir hier außergewöhnlich lebendig erscheinen.

Eine Wand zeigte eine Horde Affen, die dabei helfen sollten, die Zeitenpforte ins Jenseits zu öffnen. Sie waren in Umrißzeichnungen dargestellt, deren Linien sich nur aus den Farben Rot und Schwarz zusammensetzten. Für meine Augen, die bisher nur den dicken Farbauftrag der Wandmalerei gesehen hatten, wirkten sie modern. Auch die Hieroglyphen waren zügig von oben nach unten geschrieben worden, ähnlich wie man es von chinesischen Schriftrollen oder tibetischen Sutren kennt.

»Hmm, die sehen aus wie Bilder aus dem Comic *Hige to Boin**«, murmelte Hideo, und ich rang mit mir, um ein Lachen zu unterdrücken. Ich dachte, wie stark wohl das Echo wäre, wenn man hier plötzlich laut loslachte.

Es war ein schlichter Raum, der aussah, als wären die Wände weitflächig mit auf Papyrus gemalten Bildern beklebt worden.

Thutmosis III. wäre eigentlich der rechtmäßige Thronfolger gewesen, aber da er noch ein Kind war, wurde er von seiner älteren Schwester Hatschepsut hintergangen und für lange Zeit ins Gefängnis gesperrt. Hatschepsut wurde Königin und ließ sich einen Obelisken und einen Tempel errichten. Ihren hier abgebildeten Portraits hatte man einen Bart angemalt, denn damals war es nicht üblich, daß eine Frau Königin wurde. Nach ihrem Tod bestieg Thutmosis III. den Thron und ließ aus Rache den Namen der Schwester aus allen Inschriften tilgen.

Es gibt viele grausame Erzählungen um die Thronfehden in diesem Land, wir haben viel von unruhigen Zeiten gehört, aber die Geschichte dieser beiden Geschwister ist berühmt und den Menschen ganz besonders lebhaft in Erinnerung geblieben.

Auf der Treppe, die zur Grabkammer hinabführte, er-

* *Hige to Boin* (übersetzt: Bart und Brüste): Manga des Comiczeichners KO KOJIMA (*1928) aus den sechziger Jahren. (A. d. Ü.)

eignete sich ein Zwischenfall. Ich verspürte einen starken Widerstand, als drückte etwas gegen meine Schenkel, und hatte Schwierigkeiten weiterzugehen.

Ich ging den anderen voran. Alles nur Einbildung, dachte ich, doch als ich mich umdrehte, zeichnete sich auf Takashis Gesicht ebenfalls ein seltsamer Ausdruck ab.

Gleichzeitig klagte Hideo: »Mir tun die Beine weh.« Und auch Yukiko rieb sich die Waden.

»Daran sind die vielen Treppen schuld, die wir hochklettern mußten.« Damit erklärte ich mir diesen Vorfall und stieg weiter hinab. Es hatte sich so ähnlich angefühlt wie ein starker Windstoß, der einem von vorne entgegenbläst. Es kam mir ganz so vor, als sollten wir nicht weitergehen.

Die Grabkammer hatte etwas höchst Befremdliches; die Luft schien hier noch drückender zu sein. Ich hatte den Eindruck, daß vielleicht das Magnetfeld verrückt spielte und die Schwerkraft uns mit aller Macht niederdrückte. Der Umstand, daß wir uns in dem Raum aufhielten, schien das Atmen zusätzlich zu erschweren und das Gewicht der Luft den Körper spürbar zu belasten.

Ganz hinten im Raum stand ein prächtiger Sarkophag mit einer Kartusche, in die der Name des Königs eingraviert war und die einen aufwendigen Zierrahmen hatte.

Genau in diesem Moment hatte ich eine Vision.

Zwei dünne Ärmchen kamen zu beiden Seiten unter dem Deckel des Sarkophags hervor.

Als ich mir die Augen rieb, waren sie verschwunden.

Merkwürdigerweise hatte ich keine Angst.

Das mag vielleicht auch daran gelegen haben, daß mir

die Vorlieben des Königs sympathisch waren, dem es scheinbar genügte, sein Leben nur in einfachen Linien darstellen zu lassen, anstatt die Menschen mit ehrfürchtigem Blick und schwungvollen Pinselstrichen in brillanten Farben zu zeigen. Nur die Decke ließ er mit einem prächtigen Sternenhimmel bemalen und seinen Leichnam in diesen eigenartig geformten roten Sarkophag legen.

Diese Zeichen, die von jemandem hinterlassen wurden, der zweifellos in jenen Tagen gelebt hatte, ließen in mir, selbst nach dieser fast schwindelerregend langen Zeit, ein konkretes Bild von jener Person entstehen und vermittelten mir das Gefühl, dieser Jemand sei ganz in meiner Nähe.

Mit der Seele in Berührung kommen … genau das ist es, was sich die Menschen unter dem »ewigen Leben« vorstellen.

Wenn ich eines Tages nicht mehr auf dieser Welt bin und meine Arbeiten längst irgendwo unter der Erde begraben sind, dann wünsche ich mir, daß sie irgendwann in ferner Zukunft von jemandem gefunden und ihm ein Fünkchen meines bescheidenen Lebens vermitteln würden.

Ob dieser Jemand dann meinen Blick würde spüren können, so als begegnete er einem guten Freund?

Der ovale große Sarkophag bestand aus rotem Quarzit und war an seiner Oberfläche mit Hieroglyphen versehen.

»Als man das hier entdeckte, lag der Deckel am Boden und die Mumie war verschwunden.« Takashi blickte durch einen Spalt am Rand des Deckels in das Innere des Sarges, während er das sagte.

»Wow, ist das schön«, schwärmte er.

Auch ich versuchte hineinzusehen und staunte.

Im Inneren des Sarges war in hellem Gelb eine schöne Göttin auf den Boden gemalt worden. Sie hatte beide Arme ausgebreitet, so daß sie die Mumie hätte umarmen können. Ihre Handflächen reichten bis an die Sargwände und lagen einander gegenüber.

Das waren also Hände, was ich da vorhin gesehen habe, dachte ich. Derjenige, der diese Gestalt geschaffen hat, muß seine Seele in das Bild gehaucht haben, denn bis heute spürt man, daß mit ihm der starke Wunsch verbunden war, den König zu beschützen.

Und um zu verhindern, daß er bestohlen wird, werden diejenigen, die die Treppe hinuntersteigen, noch immer von einer gewaltigen Kraft zurückgestoßen.

Der Dieb, der in dieses Grab eingedrungen ist, die Mumie des Königs gestohlen und sich ihrer irgendwo in der Umgebung entledigt hat, wird zweifellos einen grausamen Tod erlitten haben, dachte ich. Schließlich hatten wir ja schon bei unserem nur kurzen Besuch diesen unglaublichen Widerstand verspürt.

Als ich sie mir genauer ansah, übertrug sich die Trauer der wunderhübschen Frau auf mich, und Tränen traten mir in die Augen.

Selbst mit leeren Armen und verlassen ließ sie nicht davon ab, den König zu beschützen.

Bis heute fühle ich die Wirkung jener heftigen Gefühlsregung, die dieser Jemand in mir ausgelöst hat. Was ich da spürte, waren ganz zweifellos starke Emotionen, die entweder von der Göttin ausgingen, die hier abgebildet war, oder von demjenigen, der die Bilder gemalt hatte.

Sie verströmten Qualen, gegen die niemand ankommt,

unerschütterliches Leid und das intensive Bedürfnis, schützen zu wollen.

Es kam mir vor, als hätte ich diese Gefühle förmlich gesehen. Vielleicht war es ja eine mystische Welt, wie sie sich nur mir erschloß. Aber ich hatte sie so lebhaft empfunden, als wäre ich diesem Menschen leibhaftig begegnet, und sie gruben sich tief in mein Herz... Daß auch wir drei etwas hinterlassen wollten, war also keineswegs sinnlos. Und daß wir mit unseren winzigen Herzen so ziellos umherzogen, würde irgendwo vielleicht auf ganz ähnliche Weise dokumentiert werden.

Dieser starke Wunsch, unsere verzweifelte Reise, dieses kleine, zarte Etwas wird niemals vergeblich sein. Daß wir ein Band knüpfen wollten, meine Gefühle, Hideo, der sich bemühte, ein ahnungsloses Gesicht aufzusetzen, und ich, die ich über nichts nachdenken wollte, Yukiko, die uns dreien eine so angenehme Reisebegleitung war, und die Energie des sanftmütigen Takashi, der sich entschlossen hatte, uns gegenüber nichts als Liebe zu empfinden – all das würde irgendwo im Universum deutliche Spuren hinterlassen, genau wie in diesem Grab.

Etwas von der Größe jener törichten, heldenhaften Wesen, die wir »Menschen« nennen, und etwas von der Größe ihrer Taten wird zweifellos ewig fortbestehen.

Die koptische Glaubensgemeinschaft und dann die Kälte

An diesem Nachmittag war die Luft raus.

Auf jeder Reise kommt einmal dieser Moment. Ein schlaffer Nachmittag, an dem die Eindrücke der exotischen Früchte und Kleidungsstücke uns nur flüchtig streiften. Unverwandt schauten wir in die Sonne und gaben uns dem Müßiggang hin... Auch unsere Gespräche waren nicht gerade angeregt. Wir waren von einer angenehmen Mattigkeit erfüllt, wie nach einer durchzechten Nacht. Die Zeit schien stillzustehen.

Das ist mir eigentlich nie unangenehm, egal auf welcher Reise.

Die sanfte Kraftlosigkeit, mit der ich diesem Zustand verfalle, und die kraftvolle Energie, mit der ich mich langsam wieder daraus löse.

Der gemütlich plätschernde Rhythmus, der im Alltag eine Spanne von Monaten umfaßt, stattet einem auf Reisen eine Stippvisite ab.

In dieser Verfassung besuchten wir den Chan-al-Chalili-Bazar, den wichtigsten Markt in Kairo, hatten aber schon bald die Nase voll davon, da dort fast ausschließlich Waren für Touristen angeboten wurden.

Die Gassen waren vollgestopft mit Verkaufsbuden.

An einem Gewürzstand kaufte ich preiswert Minze, Safran und Mandelöl und feilschte um ein Parfümflakon. Anschließend gingen wir in eine schattige Nebengasse. Ich war erleichtert, als ich sah, daß dort Papiertücher, Teller, Socken und Schulhefte verkauft wurden.

Dann fanden wir nichts mehr zu tun, setzten uns am Eingang zum Souk an einen Tisch, der draußen vor einer Pfannkuchen-Bude mit dem schlichten Namen ›Egyptian Pancake‹ aufgestellt war, und legten alle vier eine kleine Teepause ein.

In der Sonne war es zwar heiß, hier aber war es angenehm kühl, und es tat gut, einfach nur dem Kommen und Gehen in dem von prallem Leben erfüllten Bazar zuzusehen. Dieser Anblick schien bis tief in mein Herz zu dringen, das still das Nichtstun genoß.

Die Pfannkuchen waren köstlich, obwohl sie von einem grobschlächtigen Alten gebacken wurden, den ich aufgrund seiner äußeren Erscheinung niemals mit Pfannkuchen in Verbindung gebracht hätte.

Lecker! signalisierten wir ihm durch das Fenster. Der Alte freute sich und machte Gesten, die soviel sagten wie: »Ja, nicht wahr? Lecker!«

Am ehesten waren sie noch mit Crêpes zu vergleichen. Die dünn ausgebackenen Weizenmehlfladen wurden mit erwärmter Marmelade bestrichen, mit Früchten und Kokosnußraspeln belegt und mit Puderzucker bestäubt. Sie waren so süß, daß sie die Sinne bis an die Grenzen der Bewußtlosigkeit betörten, und so delikat, daß mir automatisch das Wort ›Glück‹ in den Sinn kam.

Nur bei einem solchen Wetter und unter dem Blau eines

so klaren Himmels konnte dieses Gericht seinen vollen Geschmack entfalten.

Ohne zu bemerken, welch feinsinnigen Gedanken ich nachhing, waren Hideo und Yukiko in ein ernstes Gespräch über die Effizienz von Sonnenschutzpräparaten und die Aussagekraft der Ziffern eines jeweiligen Lichtschutzfaktors vertieft. Dabei stopften sie munter ihre Pfannkuchen in sich hinein.

Meine Begleiter auf dieser Reise waren, und da schließe ich mich ein, nicht zu belanglosen Plaudereien fähig: Was machst du morgen? Wofür interessierst du dich? Woher kommst du? Wohin bist du unterwegs? Ich kann getrost behaupten, daß uns solche Gespräche zuwider waren. Da dieser Wesenszug sowohl Yukiko als auch uns dreien gemein war, wirkten wir wie uralte Freunde.

Takashi beobachtete eine Katze und schwieg.

Kopf und Beine der ägyptischen Katzen wirken seltsam lang und elegant, sie haben noch immer die gleiche Gestalt wie damals, als sie als Gottheiten verehrt wurden. Mit halb geschlossenen Augen ging die Katze neben dem Lokal ihrer Körperpflege nach.

Wenn Takashi schwieg, dann konnte das entweder bedeuten, daß er glücklich war oder melancholisch, das hatte ich im Laufe der vielen Jahre allmählich verstanden. Selbst jetzt, da sein Körper von Erschöpfung gezeichnet war, wirkte er ganz gelöst. Zu sehen, daß er glücklich war, machte auch mich glücklich. Es ist relativ einfach, jemanden zu behandeln wie ein rohes Ei. Es ist auch nicht sehr schwierig, so zu tun, als sei man deprimiert. Was man anderen aber nicht glaubhaft vorspielen kann, ist Gelassenheit.

Ich hatte beschlossen, nachmittags das koptische Museum und die koptische Kirche zu besuchen. Allein, denn ich suchte Anregungen für meine Entwürfe.

Die koptische Religion ist eine im ägyptischen Raum angesiedelte, alte christliche Glaubensrichtung und wurde die Geschichte hindurch als heidnisch unterdrückt. Ihre strengen Gebote haben sich jedoch bis heute erhalten. Im vornehmlich durch den islamischen Glauben geprägten Ägypten haben die Kopten dennoch ihren Platz in der Gesellschaft gefunden.

Die blutige Vergangenheit dieser Minderheit merkt man ihrer überaus anmutigen Kunst nicht an. Charakteristisch sind die flächige Gestaltung sowie fein gemalte Blumenmuster und Pflanzenornamente. Ein östlich inspirierter Stil.

Selbst schwere, massive Holztüren hatte man mit sorgsam gefertigten, einfachen Schnitzereien von Wein- und Efeuranken dekoriert und Kreuze darin eingelegt, die aus Elfenbein waren.

Ich berührte kurz jedes einzelne Objekt, auf dem »Berühren verboten« stand.

Kaum hatte ich das getan, nahm ich wahr, wie sich mein Herz sanft weitete, kein Vergleich dazu, wenn ich sie nur betrachtet hätte. Vieles kann man eben erst richtig erfahren, wenn man es berührt.

Hätte ich keine Erinnerung an diese Berührungen, würde ich eines fernen Tages, wenn sie mir im Traum erschienen, sicherlich nicht mehr zu unterscheiden wissen, ob mein Besuch hier nur ein Traum war oder tatsächlich stattgefunden hat.

Die ausgesprochen kleinteiligen Farbflächen der Glasmalerei an den Fenstern ließen nur ein schwaches Licht in das Museum.

Wenn ich allein bin, wandert mein Geist oft ziellos umher, das kenne ich.

Ich weiß auch, daß mein Herz automatisch schneller schlägt und ich die Gegenwart hinter mir lasse, allein weil ich schweige.

Daß ich leibhaftig hier war, daß ich meine Schritte auf dem dunklen Boden hören konnte und die Kleinode um mich herum sah, die der Glaube zurückgelassen hatte – all das würde mir eines Tages vielleicht viel traumhafter vorkommen als ein richtiger Traum.

Die Kirche selbst wirkte heruntergekommen und verwahrlost. Dieses alte Gebäude erinnerte mich auf merkwürdige Weise an eine Christusdarstellung, deren Farben und Linien verblaßt waren.

Noch junge Gläubige drückten ihre Stirn auf eine Glasvitrine und beteten. Als ich diese aus der Nähe betrachtete, bemerkte ich darin eine rote Stoffhülle. Auf der Vitrine befand sich das Bildnis eines Heiligen, und da es auch einen Altar gab, verstand ich: In der knallroten Hülle, die ungefähr die Größe eines Schlafsacks hatte, waren die Gebeine eines Heiligen.

Der zylindrisch geformte Stoff war mit goldenen Stikkereien versehen, in die Perlen und Rubine eingearbeitet waren.

Wenn ich ein Schmuckstück entwerfe, symbolisieren Perlen für mich Schmerz und eine Kraft, die Liebe und Zärtlichkeit bewahrt. Rubine bedeuten Schutz vor Dämonen.

Aha, hier haben sie die gleiche Bedeutung, stellte ich erfreut fest. Und: Egal, wie groß ein Mensch zu Lebzeiten auch sein mag, wenn er stirbt, schrumpft er auf eine Größe zusammen, daß er in diesen Stoffbeutel paßt. Auch die Gläubigen, die die sterblichen Überreste eines längst Verstorbenen anbeteten, und ihre intimsten Wünsche sind vergänglich. Sie werden es diesem Heiligen eines Tages gleichtun und den Körper verlassen.

Ich kaufte eine Postkarte von einem koptischen Fresko und schrieb im Café unseres Hotels ein paar Zeilen an Mimi.

Liebe Mimi,
dieses Land ist wirklich interessant.

Seine alte Kultur verströmt noch immer ihren Geist, aber nicht so wie in Indien oder Nepal. Viel unmittelbarer, viel kühner.

Es kommt mir so vor, als seien die Götter noch immer ganz nah.

Uns allen geht es gut. Wir haben sogar eine Freundin gefunden.

Ich empfinde alles gleichzeitig: Hier zu sein, daß es mir vorkommt, als würden wir ewig leben, und die Dummheit, die hinter dieser Hoffnung steckt.

Deine Kiyose

Aber gibt es jetzt gerade, in diesem Augenblick, wirklich etwas, das ich jemandem, der nicht hier ist, unbedingt mitteilen müßte? fragte ich mich.

Wenn ich ehrlich war, konnte ich mir im Moment nichts Schöneres vorstellen als den entspannten Blick aus dem angenehmen Café des Shepherd's Hotels – wenn man von seinem schlechten Frühstück einmal absah. Ich war allein, aber ich war nicht einsam. Wir hatten nämlich beschlossen, uns in einigen Stunden alle hier einzufinden und zum Abendessen zum Cairo-Tower zu fahren.

Daß ich Mimi gerade nicht brauche, hätte mir vielleicht besser nicht einfallen sollen, während ich ihr die Karte schreibe, dachte ich. Es war nämlich nur zu wahr, und das betrübte mich.

Es kam mir vor, als hätte ich irgendwo die Fähigkeit verloren, mich wahnsinnig nach etwas zu sehnen, das im Moment nicht greifbar war. Ich vermißte Mimis Lächeln, aber das war etwas anderes.

Doch unter meine traurige Stimmung mischte sich auch ein Hauch von Frische. Vor meinen Augen eröffnete sich mir plötzlich ein Raum, und darin schwebte die Freiheit wie der Duft frisch erblühter Blumen. Mit offenen Armen empfing mich eine perfekte Welt, in der es sowohl Freude als auch Kummer gab.

Ja, vielleicht war es das, wovon Takashi in der Droschke gesprochen hat, dachte ich.

Das feierliche Gefühl, das ich in der Kirche verspürt hatte, wirkte rein und still in meinem Herzen nach.

Wenn ich wieder zurück bin, möchte ich eine Kette entwerfen, die Erhabenheit und Vollkommenheit verkörpert und die aus Rubinen und Perlen besteht, wie in der koptischen Kirche, dachte ich und skizzierte verschiedene Ideen auf das erstbeste Blatt Papier.

Da ich sie einzig unter dem Aspekt herstellen würde, ihren Träger zu beschützen, genauso wie man es für Heilige macht, erschien mir das weder gotteslästerlich noch anmaßend.

»Hier ist früher einmal der Aufzug abgestürzt, und es hat Tote gegeben«, sagte Hideo, als wir vor dem Cairo-Tower standen.

»Kein Wunder, hier ist ja auch alles aus Holz. Das wirkt nicht gerade stabil.«

Yukikos scherzhaft gemeinte Bemerkung kam der Wirklichkeit so nah, daß uns nicht zum Lachen zumute war.

Der altehrwürdige Turm wurde, wenn es dunkel war, von einem orangefarbenen Licht angestrahlt. Er war einhundertsiebenundachtzig Meter hoch und wunderschön einer Lotosblüte nachempfunden.

Der Aufzug schwankte, daß einem angst und bange wurde und wir die Fahrt nur stumm ertragen konnten.

Die Aussichtsplattform war dem Wetter ausgesetzt, und es wehte ein heftiger Wind. Er strich über die abendliche Landschaft, die merkwürdig rein wirkte.

An diesem Abend herrschte eine Kälte, wie wir sie bis dahin noch nicht erlebt hatten und die mir unter die Haut ging. Sie drang spürbar durch mein leichtes Sommerjäckchen, das ich extra übergezogen hatte.

Daher war auch der Wind so kalt, daß er mir durch Mark und Bein ging.

Dennoch trafen sich die ägyptischen Pärchen hier ganz still zu ihren Rendezvous, ohne sich zu umarmen oder sich zu küssen.

Wie es wohl sein mochte, in dieser Stadt geboren zu werden und sich in der Welt des Islam zu einem Rendezvous zu verabreden?

Zumindest begegnete man sich wohl in einer Innigkeit, die einen die wahnsinnige Kälte um sich herum vergessen ließ.

Es schien uns unglaublich, daß sie so ruhig bleiben konnten, während wir im Stakkato das Wort ›kalt‹ wiederholend, Arm in Arm und dicht aneinandergedrängt um die Aussichtsplattform liefen.

Aber die abendliche Szenerie war schön. Ganz weit in der Ferne konnte man undeutlich die Pyramiden erkennen. Zitternd, die Arme um meinen Körper geschlungen, betrachtete ich das blaue Funkeln des Wassers in den Hotelpools und die Autoschlangen auf den Straßen, die aussahen wie eine Halskette. »Das muß ich mir nicht lange ansehen.« Doch kaum hatte ich das gedacht, entdeckte ich wieder etwas Interessantes und konnte meinen Blick nicht davon lösen.

Im Restaurant unter der Aussichtsplattform war es noch kälter, obwohl es sich doch um einen geschlossenen Raum handelte. Außerdem war es unerklärlich finster.

»Ich konnte nicht erkennen, was es an der Salat-Theke gibt, keine Ahnung, was ich mir da genommen habe«, behauptete Takashi.

»Ging mir auch so. Es gibt zwei Suppen zur Auswahl, aber ich konnte nicht feststellen, welche welche ist«, meinte Yukiko.

Anschließend wollte auch ich mein Glück versuchen und mußte lachen, denn es verhielt sich tatsächlich so. Vom Fußboden kroch die Kälte hoch. Die kalten Speisen standen dem in nichts nach.

»Von Kälte soll man Durchfall bekommen.«

»Wie wär's mit etwas Warmem zu trinken?«

»Bis das hier ist, ist es doch schon wieder kalt.«

Während wir scherzten, verspeisten wir bibbernd unser Essen.

Das Restaurant drehte sich, so daß wir einen Rundumblick genießen konnten. Es bewegte sich überraschend schnell, und ich fühlte mich wie betrunken. Außerdem raste mein Herz jedesmal, wenn es an den Lagern kräftig ruckelte, wohl weil es ein altes Gebäude war.

»Ich glaube, es ist das erste Mal, daß ich in einer solchen Kälte esse«, bemerkte Hideo.

Die abendliche Landschaft, die Kälte, der alptraumhaft dunkle Fußboden; die Silhouette der kleinen Pyramidendreiecke, die beim Vorbeikreisen immer wieder auftauchten – eine eindrucksvolle Erinnerung. Jedesmal, wenn wir an ihnen entlangkamen, zogen sie wie Eissplitter an meinen Augen vorbei.

Völlig ausgekühlt kamen wir schweigend zurück zum Hotel. »Laßt uns drinnen irgend etwas Warmes trinken«, schlug ich vor, und wir fielen in das Zimmer von Hideo und Takashi ein.

Ich bestellte mit verzweifelter Stimme heißen schwarzen Tee.

»Darin könnt ihr euch einwickeln!« sagte Hideo. Als er uns sämtliche Bademäntel und Wolldecken aus den Schränken zuwarf, wurde er plötzlich von einem Durchfallkrampf attackiert, der wohl von der Kälte herrührte, und rannte zur Toilette.

Wie im Ferienlager steckten wir drei die Füße unter die Bettdecke, legten uns die Wolldecken über die Schultern und warteten auf den Zimmerservice.

Ungefähr um die Zeit, als Hideo völlig erschöpft aus der Toilette kam, waren auch meine Füße, die sich wie Eisblöcke angefühlt hatten, wieder warm, und wir konnten endlich auch unseren heißen Tee trinken.

Er setzte sogar Reserven frei, ein Foto zu schießen, wie wir alle mit seltsam verkrampften Körpern unsere Tassen fest umschlossen hielten, um ihre Wärme ganz in uns aufzunehmen.

Takashi hatte sich richtig ins Bett gelegt und die Wolldecke bis zu den Schultern hochgezogen, war aber, es mag an der wohligen Temperatur gelegen haben, schon bald eingenickt und in tiefen Schlaf versunken.

»Huch? Der pennt ja«, stellte Hideo fest.

Wir alle starrten auf Takashis schlummerndes Gesicht.

Dann durften Yukiko und ich in den riesigen Whirl-Pool steigen, mit dem lediglich die Suite der beiden Männer ausgestattet war.

Yukiko war schlank, hatte einen ausgesprochen großen Busen und, nachdem sie abgeschminkt war, das Gesicht eines kleinen Mädchens. Wir beide waren von der Sonne schon fast beängstigend braun gebrannt.

Lange und ausgiebig genossen wir gemeinsam das heiße Bad, wie im Sento*. Mit einem Menschen, den man bis dato

*Sento: öffentliche Badehäuser, in denen man sommers wie winters rund um die Uhr für wenig Geld ein heißes Bad genießen kann. Bevor man in das große, bis über 40°C heiße Wasserbecken steigt, das man mit mehreren Personen teilt, erfolgt eine gründliche Körperreinigung. (A. d. Ü.)

gar nicht kannte, nackt in eine Badewanne zu steigen und dabei in Erinnerungen an den süßen Geschmack von Pfannkuchen zu schwelgen, die man bis dahin noch nie gegessen hatte... es gibt nichts, womit man Hoffnung besser umschreiben könnte.

Welch glückliche Fügung, daß man bis kurz vor dem Tod immer wieder neue Hoffnung schöpfen kann! Eine Gnade für uns Menschen, die wir so oft die Härte des Lebens zu spüren bekommen. Ein Tag hat so viele verschiedene Aspekte. Man schwimmt mitten hindurch, und so entsteht ein rätselhaftes Flickwerk.

Als wir aus dem Bad kamen, hatte sich auch Hideo in einige Lagen Wolldecken eingewickelt und schlief auf dem Boden. Sein Anblick war ein Bild wert, und als ich ein Foto davon schoß, wachten die beiden von dem Blitzlicht auf. Sie strahlten über das ganze Gesicht.

Es hätte nicht mehr viel gefehlt und die von der Sonne gebräunten, lachenden Gesichter der Freunde, mit denen ich gemeinsam die Kälte durchstanden hatte, hätten mich zum Weinen gebracht.

Schon bald würde unsere Reise zu Ende gehen.

Der Schatz des Tutanchamun

Im Tal der Könige hatten wir das Grab des Tutanchamun gesehen, auch seine Mumie. Es war nicht nur viel kleiner, als ich es mir vorgestellt hatte, auch die Kunst in der Grabkammer erschien mir wenig spektakulär. »Das ist Ägypten!« Aufgrund der vielen Fotografien und Fernsehbilder, die ich im Laufe der Zeit davon gesehen hatte, verkörperte sein Grab für mich die Grabstätte schlechthin.

Noch auf dem Weg zum Ägyptischen Nationalmuseum hatte ich dort also nicht mehr vorzufinden erwartet als »na ja, die goldene Totenmaske vielleicht…« Doch schon als ich im Museum den Katalog der Gegenstände durchsah, die man aus dem Grab des Tutanchamun geborgen hatte, war ich von ihrer unglaublichen Menge zutiefst beeindruckt, und mein Magen verkrampfte sich.

Wenn ich darüber nachdachte, daß allein diese Schätze in einem so winzigen und unbedeutenden Grab gelegen hatten, mit welch unglaublichen Reichtümern müssen dann erst die Gräber der Könige anderer Dynastien ausgestattet gewesen sein, die wesentlich einflußreicher waren und viel länger gelebt hatten?

Auf das Grab des Tutanchamun hatte man nur wenig Mühe verwendet. Es kursiert sogar die These, daß hier ein Sarkophag wiederverwendet wurde, der ursprünglich einem anderen Herrscher gedient hatte. Aber die ausgestellten Schätze in den »Tutanchamun-Räumen«, gleich wenn man das Obergeschoß des riesigen Museumsgebäudes betritt, das mit allen möglichen Fundstücken vollgestopft ist, übertrafen bei weitem meine Erwartungen, so prachtvoll waren sie. Ich versuchte mir die Gefühle von Howard Carter vorzustellen, der das Bienenwachssiegel am Grabzugang gelöst und diese Schätze als erster entdeckt hatte. Seine Erregung darüber, so weit – viel zu weit – vorgedrungen zu sein, dürfte wohl mehr einer gewissen Scheu und dem Drang zu fliehen als uneingeschränkter Freude nahegekommen sein.

Das intuitive Wissen darum, daß dieser eine Moment sein ganzes Leben verändern würde.

Ein einziger magischer Augenblick – und danach war nichts mehr, wie es einmal war. Man gewann viele neue Erkenntnisse, die Geschichte wurde revidiert, und man wurde erstmals konkret mit Leben und Tod eines Menschen aus einer anderen Zeit konfrontiert. Es dürfte wohl der Traum eines jeden Archäologen sein, einen so bedeutenden Moment zu erleben wie Carter.

Der Aufmarsch der Gegenstände, die mich in Staunen versetzten, schien sich unendlich fortzusetzen. Die goldene Totenmaske kam mir darunter irgendwie unbedeutend vor.

Standbilder von athletischen schwarzen Wächterfiguren, Statuen des wohlgeformten Anubis, verschiedene Amulette, Schiffsmodelle, zeremonielle Betten mit den Figuren von Kühen und Löwen, Kleidung, Sandalen, Unterwäsche, Handschuhe, Edelsteinschatullen, Stempelschatullen, Salbengefäße, Spiegelschatullen, Spielzeug, Streitwagen, Lanzen, Zeremonienstäbe, Stühle, Weinkrüge, Nachbildungen von Brot und Fleisch… Alles war in leuchtenden Farben mit Glas, Lapislazuli, Quarz, Gold oder Silber fein verziert.

Es gab auch verschiedene Schmuckstücke.

Ich skizzierte und fotografierte sie.

Glas, Gold, Edelsteine, Quarz, Lapislazuli, Elfenbein, Serpentin, Türkis… soweit ich sie identifizieren konnte, notierte ich mir auch die Materialien.

Unter dem Brustschmuck gab es viele Stücke, die aus bemerkenswert kleinteiligen Glasarbeiten gefertigt worden waren. Auch Skarabäen aus Lapislazuli, die unglaublich schwer aussahen, waren darin eingearbeitet. Zahlreiche der Ringe hingegen waren ganz schlicht gestaltet. Die silbernen, in die das Papyruswappen oder das Auge des Horus eingraviert war, wirkten modern, ganz so wie sie heute noch haufenweise in den Souvenirläden auf einen Käufer warten.

In den Glasvitrinen waren viele kleine Püppchen ausgestellt. Genaugenommen waren es vierhundertdreizehn Figuren. »Das sind Uschebtis, Diener, die im Jenseits die Feldarbeit verrichten. Wären sie nicht mit ins Grab gelegt worden, hätte der Verstorbene selbst diese Aufgabe übernehmen müssen. Auch wenn jemand arm war, so legte man ihm doch zumindest aus Holz gefertigte Uschebtis bei«, sagte Yukiko.

»So ähnlich wie bei uns Haniwa*«, bemerkte Hideo.

*Haniwa: Terrakotta-Figuren, die in japanischen Hügelgräbern gefunden wurden. Sie verkörpern Menschen oder Tiere. (A. d. Ü.)

»Mir würden drei Figuren schon reichen«, meinte Takashi.

»Wenn du willst, mache ich dir welche aus Silber«, bot ich ihm an.

»Die würden bestimmt gut für dich arbeiten«, sagte Yukiko.

»Und würden wahrscheinlich lange halten«, fügte Hideo hinzu.

Ich spürte, daß unsere Unterhaltung hier, in diesem Raum, von einer enormen Welle der Zeit verschluckt wurde.

In diesem Gebäude trugen die Ausstellungsstücke mehr Energie in sich als die lebendigen Menschen, die aus aller Welt hierher zu Besuch kamen. Ihre stumme Autorität erfüllte still die Ecken der Korridore und sogar die Räume, in denen nichts ausgestellt war. Deutlich übermittelte sie uns so etwas wie eine gebieterische Selbstsicherheit, die uns nötigte, diese geheimnisvolle Welt lange und ausgiebig zu betrachten.

Der Leichnam des jungen Königs Tutanchamun, von dem man annimmt, daß er im Alter von vier Jahren inthronisiert worden und mit achtzehn Jahren gestorben ist, wurde von drei Särgen geschützt. Diese waren ihrerseits von vier ineinandergestellten Holzschreinen umgeben, die verschiedene Gottheiten zeigten.

Seine Mumie muß über und über mit Schmuckstücken beladen gewesen sein: einer Krone aus Glasperlen, Armreifen, so vielen, daß sie die Arme vollständig bedeckten, Brustschmuck, fünf Ringen, Halsschmuck in Form einer Lotusblüte, Gürteln und unzähligen Amuletten.

Und wieder wurde mir die Bedeutung meiner eigenen

Arbeit bewußt. Zweifellos gehe ich dieser Tätigkeit nach, um meinen Gedanken Ausdruck zu verleihen, gleichzeitig soll der Schmuck aber auch seinen Träger beschützen.

Der Kanopenschrein, in dem die Eingeweide des Herrschers beigesetzt wurden, war mit der heiligen Schlange verziert. Die vier mit Reliefs geschmückten Seiten des Schreins zeigten die vier Göttinnen Isis, Neith, Nephthys und Selkis mit geöffneten Armen.

Darin standen sich in einem Kasten aus weißlichem Alabaster wiederum vier Gefäße, die Kanopen, gegenüber. In ihnen lagen die inneren Organe des Königs, die von dem Gott der Leber, dem Gott des Magens, dem Gott der Lunge und dem Gott des Gedärms geschützt wurden. Die Kanopen hatten eine Form, die den Kopf der jeweiligen Gottheit nachbildete.

»Die Mumifizierung. Das Gehirn wird durch die Nase herausgezogen und der Schädel mit antiseptischen Mitteln ausgewaschen. Dann entfernt man die inneren Organe und reinigt den Körper mit Ölen und wohlriechenden Tinkturen. Anschließend wird er mit Myrrhe und anderen Duftstoffen ausgestopft, siebzig Tage in Natronsalz gelegt, gesäubert und mit Leinenbinden umwickelt...«

Wie lebensnah diese Beschreibung ist, belegen die dunklen Flecken an den Kanopengefäßen. Es ist die Farbe des Blutes, Blut, das von den inneren Organen des Herrschers stammt.

Um ehrlich zu sein, wußte ich nichts über das kurze Leben Tutanchamuns und hatte mir auch keine besonderen Gedanken darüber gemacht. Aber nachdem ich nun die Kanopen gesehen hatte, konnte ich nicht anders, als mich ihm ganz nah zu fühlen. Welche Liebe mag er erfahren, was für ein Leben gelebt haben? Wie kam er mit beidem zurecht? Und dann all die Dinge, auf denen er nach seinem Tod abgebildet wurde... Soviel war jedenfalls sicher: Er hatte das Leben eines Menschen gelebt und war gestorben.

Die Gegenstände, die er zu Lebzeiten benutzt hatte, und die, die für seine Reise ins Jenseits bestimmt waren, erzählten von einem Lebensgefühl. Ich war noch ganz in der warmen Empfindung gefangen, mit der ich versucht hatte, dies zu ergründen, als ich das Blut an den Kanopengefäßen bemerkte. In diesem Moment fühlte ich, daß dieser Mensch wirklich gelebt hatte und daß alles, was mit seinem Tod zu tun hatte, von irgendeiner großen Macht beschützt wurde, damit wir hier in uns gingen. Welcher Fügung das zu verdanken war, konnte ich mir allerdings nicht erklären.

Natürlich hat es auch Leute gegeben, die das einen Fluch nannten, überlegte ich. So viele Menschen hatten ihre ganze Zeit und ihre ganze Energie niemand anderem als Tutanchamun geopfert, so viele waren in Gedanken nur bei ihm, und so viele hatten ihn zu Grabe getragen. Wenn sie sich nun alle inständig gewünscht hätten, man würde seinen Leichnam niemals ausgraben, dann dürfte dieser Wunsch sicher noch spürbar auf diejenigen gewirkt haben, die die Mumie des Königs entdeckten.

Warum bin ich hier und verbringe meine Zeit mit den privaten Besitztümern Tutanchamuns? Damit sich die Menschen nach ihm überall auf der Welt dieses Frevels bewußt werden, hat man die Grabbeigaben im Sinne der gleichen rätselhaften Denkweise konserviert, die die Menschen auch dazu veranlaßte, Leichen zu mumifizieren.

Von den Fundstücken und den Lebenszeichen des längst Verstorbenen völlig benommen, setzten wir uns gedankenverloren in den Garten des Museums und ruhten uns aus.

»Was mag das wohl für ein Ort sein, das ägyptische Paradies?«

Takashi hatte Yukiko gefragt.

Während der Wind durch ihr langes Haar wirbelte, antwortete sie ganz ruhig: »Es soll dort einen See geben, der im Licht der Sonne immerzu glänzt und funkelt, und viele Olivenbäume, die sich unter der Last orangefarbener Früchte biegen. Der Sand am Seeufer ist angeblich grün und gold, wie aus Edelsteinen.«

»Das klingt nach einem wunderschönen Fleckchen«, sagte Takashi ganz hingerissen.

»Der Körper des Tutanchamun, dessen Schatz wir gerade gesehen haben, wurde zwar mumifiziert, doch sein Geist ist vielleicht schon ins Paradies eingegangen.«

»Ja, vielleicht.«

Während ich ihrem Gespräch lauschte, dachte ich an das Blut, das an den Kanopengefäßen haftete.

Der Nil und sein Delta – eine Kultur, die sich aus dieser besonderen landschaftlichen Konstellation entwickelt hat. Im Westen das Land der Toten, im Osten der Ort, der für das Leben der Menschen geschaffen wurde. Ohne die Überschwemmungen des Nils würden die Felder austrocknen, gibt es aber zuviel Wasser, dann versinken die Dörfer in seinen Fluten.

Alles kommt aus dem Nil, und alles verschwindet im Nil. Der Gott der Sonne zieht am Mittagshimmel entlang, reist abends durch die Unterwelt und kehrt am Morgen wieder zurück.

Diese Stadt ist mit Häusern zugebaut und von Autos verstopft. Doch wie den Geist eines Verstorbenen, der ziellos durch die Gegenwart wandert, findet man hier selbst heute noch letzte Spuren einer Zeit, in der man den Verlauf der Sonne, die diese Welt immer wieder aufs neue umkreist, sehr deutlich empfand.

Noch nie hatte ich den Fluß der Zeit so einfach nachvollziehen können, und ich spürte, wie irritiert mein Ich davor stand. Eine Verwirrung, die nicht so ohne weiteres zu ordnen war. Einfach nur dastehen und fühlen.

Fieber

Daß Takashi Fieber bekam, geschah an unserem letzten Abend in Kairo. Am nächsten Tag wollten wir uns die Pyramiden ansehen. Also einigten wir uns darauf, an jenem Abend nicht mehr auszugehen, sondern auf den Zimmern zu bleiben.

Schon an jenem Nachmittag hatte Takashi geklagt, er sei müde und wolle wieder ins Hotel, deshalb hatte ich mich entschieden, ihn zu begleiten.

Da es noch früh war, beschlossen wir, etwas zu trinken, und bestellten im Café des Hotels einen Kaffee.

»Geht's dir nicht gut?«

Noch unschuldiger hätte ich ja wohl kaum fragen können. Ich haßte mich dafür. Die Leichenmiene, mit der Takashi vor mir saß… Ich sah ihm doch an, daß er zu Tode erschöpft und mit den Nerven runter war. Doch eben weil ich das alles sah und begriff, war es mir einfach nicht möglich, mich so zu verhalten, wie ich es eigentlich wollte.

»Schon gut… ich fühle mich nur irgendwie so ausgelaugt, das ist alles. Mal verweigere ich mich der Krankheit völlig, dann wieder versuche ich sie zu akzeptieren, mal beschließe ich, gegen sie anzukämpfen, dann wieder ist mir alles irgendwie egal… Ich weiß nun schon so lange davon, und doch wird es von Tag zu Tag schlimmer.«

»Das ist doch klar.«

»Alles, woran ich denken kann, ist, daß es kein Zurück mehr gibt. Immer und immer wieder geht mir das durch den Kopf und stimmt mich traurig.«

»Vielleicht ist es deshalb so schlimm, weil wir nicht darüber sprechen können, wenn Yukiko dabei ist?« fragte ich ihn.

»Nein, nein, ganz im Gegenteil! Wenn sie nicht wäre, würde ich die Selbstbeherrschung verlieren und mich völlig gehenlassen. Könnte ich solche Gedanken nicht hin und wieder von mir fernhalten, würden sie mir Ägypten verderben. Ich danke dem Himmel, daß dem nicht so ist«, antwortete Takashi.

Ich brachte nichts mehr heraus. Die Art und Weise, wie Takashi sich Haltung abverlangte, beeindruckte mich tief. Ich rang um ein Lächeln, doch als ich wieder auf meinem Zimmer war, weinte ich ein bißchen.

Obwohl Takashi sonst keine auffälligen Symptome zeigte und einfach nur Fieber hatte, überschattete quälende Hoffnungslosigkeit meine Seele, und mit ihr kam die Erschöpfung. Unaussprechliche Trauer, Einsamkeit und Pessimismus zwangen mich auf den Boden der Tatsachen. Die Realität hatte mich eingeholt und ließ mir keine Möglichkeit mehr, mich ihr zu entziehen. Sie weckte die Erinnerung an das, was ich zwischenzeitlich vergessen hatte, was ich hatte vergessen wollen.

Hideo war zurückgekommen. Zusammen beschlossen wir, noch vor dem Abend Medikamente zu besorgen und eine leichte Mahlzeit vorzubereiten. Für Takashi würden wir Tamia, aus Saubohnen hergestellte Kroketten, kaufen und dann wieder ins Hotel zurückkehren. Yukiko sagte: »Ich gehe noch etwas bummeln« und zog allein los.

Die spätnachmittägliche Sonne schien nur schwach über der Stadt und stimmte mich irgendwie melancholisch. Vielleicht, weil wir uns noch vor nicht allzu langer Zeit in der Natur bewegt hatten.

Als wir wieder auf sein Zimmer kamen, war Takashi wach und las in einem Buch. Auch ich war von der vielen Sonne restlos erschöpft und zu keinem Gedanken mehr fähig, so daß ich auf dem Sofa dort eindöste.

Ich befand mich in einem behaglichen Zustand irgendwo zwischen Schlafen und Wachen. Vor dem Fenster konnte ich das funkelnde Wasser des Nils erkennen, der sanft dahinfloß. Lediglich die Stehlampe, die Takashi eingeschaltet hatte, erleuchtete das Zimmer, und alles war in ein verschwommenes Orange getaucht.

Hideo und Takashi unterhielten sich ganz leise, um mich nicht zu wecken.

»Ist das Fieber schon gesunken?«

»Ja, anscheinend wirkt das Fiebermittel.«

»Zum Glück! Morgen geht's schließlich zu den Pyramiden.«

»Da würde ich auch mit Fieber hinfahren! Aah, ich fürchte, das ist das erste Anzeichen dafür, daß ich ab jetzt langsam immer schwächer werde.«

»Was soll das?«

»Ich schaffe es einfach nicht mehr, meinen Zustand auch

nur ein einziges Mal zu vergessen, ganz egal, was ich tue.«

»Das geht doch jedem so. Wir alle brauchen allmählich nicht mehr so viel Schlaf, und der Körper wird langsam immer schwächer. Das gehört doch wohl zum Älterwerden dazu, oder etwa nicht? Die Krankheit beschleunigt das eben nur.«

»Mir ist es aber so schon schnell genug!«

»Ja, du hast recht, laß uns die Dinge etwas gelassener angehen.«

...Daß der Mensch sich zu den schönen Dingen hingezogen fühlt, liegt daran, daß sie am weitesten vom Tod entfernt sind, daß sie ihn den Tod vergessen machen. Und daß er nur ungern an das Häßliche denkt, hat damit zu tun, daß es ihn an den Tod erinnert. Man verbindet damit nämlich den Verwesungsprozeß, der nach dem Tod langsam einsetzt. Mumien und ähnlich außergewöhnliche Dinge setzen sich deutlich über diese Vorstellungen hinweg. In ihnen ist die Vision einer schönen Zukunft verkörpert.

Ohne daß ich den geringsten Anlaß dazu gehabt hätte, über so etwas nachzudenken, hing ich meinen Gedanken nach und empfand diesen Moment, ganz im Gegensatz zu dem, was mir dabei durch den Kopf ging, als einen Augenblick des Glücks. Bis gerade eben noch hatte ich mich deprimiert gefühlt, doch nach dem kurzen Nickerchen und beim Zuhören, wie sich die beiden Menschen, die ich liebte, gegenseitig Mut machten, hellte sich meine Stimmung wieder auf. Eigenartig.

Meine Freunde waren im Zimmer, und auch heute abend würde ich wohl nicht allein sein.

Wäre das jeden Tag so, fiele es mir zwar lästig, würde mir aber andererseits ein Gefühl der Geborgenheit vermitteln. Sogar wenn man einnickt und dann wieder wach wird, sind sie da, unterhalten sich mit gedämpfter Stimme oder sehen fern. Wir verbringen solche Abende ganz unspektakulär und vertraut miteinander, obwohl wir doch nicht verwandt sind. Auch das, was man gemeinhin unter dem Begriff Clique versteht, faßt nicht unsere Art der Zusammengehörigkeit.

Das Telefon klingelte, und auf einen Schlag war ich richtig wach. Ein Blick auf die Uhr verriet mir, daß etwa zwanzig Minuten vergangen sein mußten, seit ich eingenickt war.

Takashi ging an den Apparat und schien überglücklich. Ich wußte sofort, das konnte nur Mimi sein.

Irritiert stand ich auf; Hideo sprach mit ihr, dann übernahm ich den Hörer.

»Mimi?«

»Kommt bitte bald zurück! Es ist so langweilig hier ohne euch. Ich hab einfach nur so eure Nummer gewählt, aber eigentlich habe ich erwartet, daß ihr unterwegs seid, und gar nicht damit gerechnet, euch alle anzutreffen.«

Als ich Mimis Stimme hörte, stieg überraschend ein Gefühl der Liebe in mir auf. Es rauschte wie eine frische Brise durch meinen von der Sonne ermatteten Körper, als verströmte eine Rose ihren Duft.

Ein Gemütswandel, der mich selbst verwunderte.

»Wo bist du jetzt?«

»Ich bin wieder zurück. In unserem Haus. Ich konnte

doch nicht ewig wegbleiben. Wenn ihr wieder da seid, feiern wir, aber diesmal richtig!«

»Ja.«

Irgend etwas vermittelte mir ein deutliches Gefühl der Zuversicht, auch darüber wunderte ich mich. War das etwa das berühmte Heimweh?

Bei Paaren, die sich wirklich gut verstehen, kann man manchmal dieses Phänomen beobachten: Zeigt ein Partner auch nur die geringsten Anzeichen dafür, daß es ihm schlecht gehen könnte, wendet der andere unbewußt und genau zum richtigen Zeitpunkt einen kleinen Zauber an.

Bald darauf kam Yukiko zurück.

Sie hatte massenhaft Pfannkuchen dabei, die sie sich zum Mitnehmen hatte einpacken lassen.

»Ich dachte, ihr könntet was Süßes gebrauchen. Ich bin wirklich schon Stammgast in dem Laden. Beim Warten hab ich noch Tee getrunken und mich dabei lange mit dem Verkäufer unterhalten.«

Takashi trug seinen Pyjama. Wir setzten uns um ihn herum und bereiteten unser Abendessen vor, das aus Tamia, Pfannkuchen und Bier bestehen sollte.

Wir arrangierten die Sachen, die wir eingekauft hatten, auf dem Tisch, suchten wahllos Gläser und Tassen zusammen und schälten die Äpfel, die in der Obstschale lagen. Irgendwie war es merkwürdig schön.

Yukiko erfuhr an diesem Abend von der Sache mit Hideos Familie. Er erzählte ihr davon, daß er keine Familie mehr habe und alle verunglückt seien. So oft schon hatte ich seinen Ausführungen zugehört.

Überhaupt kam es mir seltsam vor, daß Yukiko das Thema Familie bisher noch nicht angesprochen hatte.

»Das… das war bestimmt ein Schock, ein schwerer Schock«, sagte sie.

»Daß sie sich nicht umgebracht haben, war mir ein Trost.«

Das sagte er so zum ersten Mal.

»War dir ein Trost, aha.«

»Wirklich. Ich habe oft darüber nachgedacht, aber in dieser ganzen Geschichte, in der es eigentlich keinen Trost gibt, hat nicht die Tatsache, daß ich gerettet wurde, meinen Schmerz gelindert, sondern vor allem, daß sie sich nicht alle umgebracht haben.«

»Verstehe. Hier spricht also der Betroffene«, meinte Yukiko. Hideo sprach ungewohnt ernst weiter: »Wenn man keine Familie mehr hat, dann begreift man etwas. Es reicht zum Leben nicht aus, seine Liebe nur einem einzigen Menschen zu schenken. Die Freunde, die Arbeit, nahe Verwandte, egal ob sie nun leben oder schon tot sind, Pflanzen oder Tiere – der Mensch ist von so vielen Dingen umgeben. Ohne diese Elemente könnte er gar nicht sein, das steht für mich völlig außer Frage. Daß ich keine Familie mehr habe, kompensiere ich dadurch, daß ich meine Liebe auf alles andere verteile. Aber mir kommt es so vor, als könnte man die Liebe nur dann über das normale Maß hinaus erleben, wenn man auch Erfahrungen über das normale Maß hinaus gemacht hat.«

»Die Liebe über das normale Maß hinaus erleben?«

»Man mag einfach alles. Nichts streßt einen mehr. Natürlich gibt es auch Leute wie mich, die keine Familie mehr haben, aber die meisten Menschen wissen doch erst nach einer gescheiterten großen Liebe, welche Bedeutung es hat, etwas zu verlieren. Keine Ahnung, ob das stimmt. Aber so stelle ich mir das eben vor. Um etwas wirklich richtig zu verstehen und um die eigenen verborgenen Fähigkeiten zu entdecken, muß der Mensch wohl auf andere Menschen treffen. Ja, so ist es wohl. Nur dann kann er etwas über den Ursprung des Gefühls erfahren, das er allem entgegenbringt, was er liebt. Alles beginnt da, wo man auf andere Menschen trifft. Der Zeit ist das egal, sie vergeht einfach. Aber jeder ist für sein Leben selbst verantwortlich und beschließt es am Ende allein…«

»Da sagst du was«, stimmte ich ihm zu.

Takashis Gesicht war vom Fieber noch immer etwas gerötet, aber er sah aus wie ein Kind, das an seinem Geburtstag von Gästen umringt gefeiert wird. In all seiner Zartheit wirkte er vollkommen gelöst.

Wenn doch die Zeit nur stehenbliebe, dachte ich. Wenn es zwischen uns doch immer so bleiben könnte wie jetzt.

So aufrichtig waren unsere Gefühle füreinander.

Jeder offenbarte sich dem anderen. Wir verströmten etwas, das auch Erschöpfung und Unsicherheit nicht zerstören konnten. Ich hatte sogar den Eindruck, Takashi sei wieder gesund. Wenn wir für immer so verweilen könnten, dann vielleicht… je mehr mich diese vage Hoffnung umfing, um so deutlicher spürte ich dieses Etwas, das uns hier in diesem Moment verband.

Am Fuß der Pyramiden

Man hat das Gefühl, einen verbotenen Ort zu betreten. Das war mein erster Eindruck.

Gleich nachdem wir in das Gebiet gelangt waren, in dem zahlreiche Pyramiden dicht beieinander standen, hatte ich ein merkwürdiges Empfinden von Zeit und Raum, und diese ungewöhnlichen Bauwerke schienen mir ganz selbstverständlich zu sein. Hier war das Ufer des Todes, der Bereich riesiger Grabstätten, und es war mir unvorstellbar, daß Menschen hier leben oder eine Nacht verbringen würden.

»Ist das Disneyland?« fragte Hideo zum Spaß. Er hatte die ganze Zeit im Taxi geschlafen, war nun aufgewacht und blickte zu den Pyramiden empor, die sich vor ihm auftürmten.

»Hidelein, das hier ist kein Ort für Scherze! Da, sieh doch nur!«

Ich war ganz aufgeregt und nahm seine Hand.

Wie ein Berg. Ein vollkommener Berg.

Ich stieg aus dem Taxi und stand auf dem Sand. Warum bin ich eigentlich hier? Selbst angesichts der gigantischen Pyramide des Königs Cheops war dieses seltsame Gefühl noch längst nicht von mir gewichen.

Es kam mir so vor, als sei diese Stätte hier nicht nur

Schauplatz tragischer Ereignisse gewesen. Natürlich war die Arbeit für die Menschen, die am Bau der Pyramiden mitgewirkt hatten, hart. Schließlich vermutet man, daß etwa hunderttausend Menschen fast zwanzig Jahre lang mit dieser Arbeit beschäftigt waren. Trotzdem konnte ich mir beim besten Willen nicht vorstellen, daß die Sklaven sie ausschließlich unter Zwang und Qualen errichtet hatten. Auf dem Pyramidenfeld herrschte noch immer die Atmosphäre einer bedrückenden Vergangenheit, doch gleichzeitig auch eine Art freudige Stimmung.

Die große Pyramide des Königs Cheops, ein hundertsiebenunddreißig Meter hoher Berg. Jeder einzelne Stein, aus dem sie erbaut worden war, entsprach ungefähr meiner Körpergröße. Angeblich haben früher viele Menschen die Pyramiden erklommen und sind bis zur Spitze geklettert. Einige wurden dabei von einem heftigen Windstoß zu Boden gerissen und starben mit völlig zerschmettertem Leib.

Durch ein Loch, das Grabräuber herausgebrochen hatten, konnten wir problemlos in das Innere der Pyramide gelangen.

Gebückt gingen wir einen dunklen, schmalen Weg entlang, erreichten den Rundgang und kletterten von da an immer weiter hinauf, bis wir zur königlichen Grabkammer gelangten.

Aber der leere Sarkophag kam mir merkwürdig inszeniert vor, und auch die künstliche Weite der Grabkammer enttäuschte mich irgendwie.

Ich hatte den Eindruck, als hätte die Theorie vieler Wissenschaftler etwas für sich, wonach es sich hierbei nicht um das Werk von Grabräubern handelte, die die Schätze an sich genommen hatten, sondern möglicherweise gar nicht um die richtige Grabkammer.

Das Bedeutsamste an diesem Bauwerk war die Art, wie man es betrat und wieder verließ. Auch zurück gingen wir mit gebeugten Körpern den schmalen Gang entlang und wurden in eine Welt hineingeboren, die von Licht erfüllt war. Mich erinnerte dieser Ort an eine Gebärmutter und einen Geburtskanal.

Wer ihn besucht, kann unzählige Male wiedergeboren werden. Dieser Raum war nur mit einer einzigen Absicht erbaut worden: Er war auf die Zukunft gerichtet.

Ich möchte zum Himmel aufsteigen, möchte in der schönen Welt des Jenseits wiedergeboren werden! Und ich will diesem Wunsch immer und immer wieder Gestalt verleihen. Diese Botschaft konnte ich förmlich spüren. Vielleicht hatte ja irgendwann einmal jemand solche Gedanken hier verewigt. Vielleicht war es ein König, vielleicht ein Gott? Doch was spielte das schon für eine Rolle, früher waren sie ja wohl einander gleichgestellte Wesen, ging es mir durch den Kopf.

Wir stiegen auf Kamele und ritten dumpfen Schrittes durch den Sand das Pyramidenfeld ab.

Egal aus welchem Winkel man sie auch betrachtete, diese Gesteinsaufschichtungen waren einfach gigantisch. Sie waren unnatürlich, und ihre Außenwände waren uneben, aber mit ihrer imposanten Erscheinung drängten sie den Himmel in den Hintergrund.

Die Sphinx schützte sie sanft. Auch sie war viel größer, als ich sie mir vorgestellt hatte. Sie kauerte auf der Grenzlinie zwischen der Stadt und den Grabstätten, als wolle sie sich selbst heute noch erheben.

Wir checkten im Hotel Oberoy ein und tranken im Café einen frisch gepreßten Fruchtsaftcocktail.

Er war erfrischend, süß, paßte wunderbar zum Abendlicht und rann köstlich die Kehle hinab. Vor dem pinkfarbenen Himmel zeichnete sich die abendliche Silhouette der Pyramiden ab, und ein winziger Neumond stand leuchtend am Himmel.

Daß ich in meinem Leben einmal so etwas sehen würde, hatte ich wirklich nicht erwartet. Vielleicht werden wir unglaublich schöne, überwältigende Dinge sehen, hatte ich mir vorgestellt, aber nicht so etwas. Es war etwas ganz Besonderes. Die Menschen hatten sich hier eine Landschaft erdacht, die die Natur miteinbezog. Ganz so, als hätten sie auch den Himmel, den Wind und den Sand bei ihren Überlegungen berücksichtigt und als seien die Gebäude von einer riesigen Hand behutsam darin abgestellt worden.

Es war unser letzter Abend in Ägypten.

Aber genau deshalb sprachen wir nicht darüber. In dieser Stadt konnte man, egal, wo man sich gerade befand, ob im Garten des Hotels oder in einem der Zimmer, von überall die Pyramiden sehen, und das verursachte jedesmal ein seltsames Gefühl in mir. Ganz unverhofft zeigten sie ihre dreieckige Gestalt. Wir brachen auf, um Parfüm und Flakons zu kaufen. Takashi ging es besser, das Fieber war vollständig zurückgegangen.

Also konnte ich mich sofort wieder in den glücklichen Traum flüchten, der mir das Gefühl vermittelte, er würde ewig leben. Dieser Kreislauf würde sich wohl auch in Zukunft immer wiederholen. Ob der Tag käme, an dem wir uns irgendwie daraus würden befreien können?

Und überhaupt: Wieso konnte ich, ohne eine logische Erklärung dafür zu haben und nur aufgrund der Tatsache, daß sich Takashis Zustand gebessert hatte, so zuversichtlich sein? Schließlich würde ja auch ich natürlich nicht ewig leben.

Die dunkle Nacht und die verschiedenen Düfte der Parfüms, die wir ausprobiert hatten, das war mein letzter Eindruck von Ägypten. Der Abendwind war kühl und wehte sanft durch Yukikos Haar, das einen süßen Duft verströmte.

Im Restaurant aßen wir zum ersten Mal ein üppiges Menü – unser letztes. Und wir tranken reichlich Wein. Wir waren todmüde, doch die Zeit verging schrecklich schnell, und wir alle waren unglaublich schön anzusehen.

Obwohl das eigentlich immer so ist, empfand ich es als etwas ganz Besonderes: Niemals mehr würde ich in meinem Leben mit diesen Menschen hier so zusammensein.

»Du, eigentlich wollte ich dich noch was fragen«, wandte sich Yukiko an Hideo.

»Was denn?«

»Deine erste Liebe. Wie war das?«

Wir hatten dieses Thema schon einmal, auf dem Schiff.

»Tja, also, laß mich überlegen. Das muß damals gewesen sein, als ich in die siebte Klasse ging. Da hat mich ein älterer Schüler gezwungen, ihm hinter der Sporthalle einen zu blasen, und vom nächsten Tag an war ich unerklärlicherweise in ihn verliebt«, meinte Hideo ernst.

»Im Vergleich zu unseren romantischen Geschichten klingt das irgendwie prosaisch.« Wir verfielen in schallendes Gelächter.

Mitten in der Nacht, wir schliefen tief und fest, klopfte jemand an die Tür unseres stockdunklen Zimmers. Yukiko und ich, die wir uns das Zimmer teilten, sprangen aus dem Bett und schauten vorsichtig nach.

»Wer ist da?« riefen wir. Wie sich herausstellte, waren es Hideo und Takashi.

»Was ist los? Macht ihr Herrenbesuche um diese Zeit?« fragte Yukiko schlaftrunken, während sie die Tür öffnete.

Hideo war ganz blaß und meinte: »Die Geister sind unterwegs.«

Ohne ein Wort zu sagen, trat auch Takashi ein.

Als ich auf die Uhr schaute, war es kurz vor vier. Schon in wenigen Stunden, in der Morgendämmerung, würde unser Flugzeug Ägypten verlassen.

»Ehrlich?« fragte ich geistesabwesend, denn ich war noch im Halbschlaf. Es kam mir vor wie im Traum.

»Ja, wirklich! Es rumpelt an den Fenstern und im Bad, dabei geht doch kein Lüftchen. Und als wir schlafen wollten, war da eine Stimme zu hören. Anfangs haben wir beide uns ja noch zusammengerissen, aber dann wurde es uns richtig unheimlich, und wir haben beschlossen, daß es besser wäre, zu euch zu kommen.«

»Echt, wir können nicht mehr schlafen vor Angst«, behaupteten die beiden einstimmig. Irgendwie interessant.

»Ja, stimmt, das könnte sogar sein. Diese Stadt strahlt so etwas aus«, murmelte ich müde vor mich hin.

»Und die Geräusche kommen auch bestimmt nicht aus dem Nachbarzimmer?« fragte Yukiko.

Aber die beiden bestanden darauf: »Ganz sicher! Uns bringt nichts mehr dahin zurück!«

Da wir ein Zweibettzimmer hatten, schlief ich mit Yukiko zusammen in einem Bett, Takashi und Hideo schliefen in dem daneben.

Trotz des Riesentumults, den die beiden verursacht hatten, fühlten sie sich wohl ziemlich beruhigt, denn schon bald setzte ihr gleichmäßiges Atmen ein. Sie lagen aneinandergekuschelt wie Kinder. Komisch. Noch während ich das dachte, überfiel auch mich der Schlaf. Ich erinnere mich seltsamerweise noch heute an Yukikos Körperwärme und daran, wie klein ihre Hand war, die aus dem Bett hing.

Dieses Zimmer war so von Wärme erfüllt, daß sich die Geister kaum näher herantrauen würden. In der Dunkelheit vor dem Fenster hielten sich jene Dreiecke verborgen. Und vielleicht auch noch vieles andere, das mit bloßem Auge nicht erkennbar war.

Da wir an unserem letzten Abend in Ägypten wieder zu Kindern geworden waren und eng beieinander schliefen, dürften auch unsere schlafenden Gesichter wie die von Kindern gewirkt haben. Wir waren wie Kinder, die sich dem Tod nicht zu nähern erlauben und die sich weder ein Bild von den schrecklichen Dingen machen, die die Zukunft bringt, noch wissen, wie der Ernst des Lebens schmeckt. Wie Kinder schliefen wir unseren tiefen Schlaf, der von einer sanften Energie umhüllt war wie von Blütenduft.

Stop-over in Rom

Sobald der Morgen dämmert und die ersten Sonnenstrahlen hereinbrechen, erscheint einem das ganze Getue um Geister albern. Das war schon immer so, im Osten wie im Westen.

»Wieso hatten wir nur so viel Angst?« fragten sich die beiden.

»Da hat wohl jemand auf den entsprechenden Auslöser gedrückt. So was soll doch vorkommen«, analysierte Hideo mit vom Schlafmangel geschwollenen Lidern. Wir rafften schlaftrunken unser Gepäck zusammen, fuhren zum Flughafen, überließen uns keine Sekunde der Wehmut, Ägypten verlassen zu müssen, und landeten, völlig zerknittert, in Rom.

Yukikos Freund holte uns vom Flughafen ab. Er war sehr groß und gut gebaut. Wenn ich ihn mir jetzt so anschaue, sieht er eigentlich genau so aus, wie ich ihn mir vorgestellt habe, dachte ich. Ein stiller, angenehmer Mensch mit schmalen Augen. Auf dem Flughafen plauderten wir bei einem Tee über dies und das.

Anschließend fuhren Yukiko und er uns in seinem Wagen zum Hotel und setzten uns dort ab.

Ich ging auf mein Zimmer und gönnte mir, zum Umfallen müde, ein erholsames Nickerchen.

Als ich aufwachte, herrschte draußen vor dem Fenster ein völlig anderes Licht als in Ägypten. Es schimmerte sanft, mild und friedlich. Auch der Himmel war anders als in Ägypten. Unverhangen, klar und von einer merkwürdig blauen Farbe, die unterschiedliche Nuancen in sich vereinte.

Ein kühler Wind trug das für Italien so typische Lärmen der Gassen zu mir hoch, das ich bis gestern, wo auch immer ich aufwachte, nicht gehört hatte. Deshalb fiel es mir erst richtig auf: Ja, das war nicht mehr Ägypten. Das war nicht mehr jenes grelle Land, das, wohin man auch kam, auf eine ganz eigene Art exzentrisch und doch sehr unkompliziert war.

Lebewohl, Ägypten.

Auch Yukiko, die bis gestern, wann immer ich aufwachte, neben mir gelegen hatte, war fort.

Ich fühlte mich ein bißchen einsam. Aber der Himmel war so blau und das Licht so lieblich, als befände ich mich, ohne es bemerkt zu haben, inmitten eines angenehmen Tagtraums.

Ich stand auf, nahm mir eine Flasche von dem karminroten italienischen Orangensaft aus der Minibar und trank gierig davon.

Im Zimmer war es weder heiß noch kalt, genau richtig. Mir war vorher nicht bewußt gewesen, wie wohltuend sich eine solche Temperatur auf den Körper auswirken kann. Ich genoß es so sehr, daß ich das Gefühl hatte, die Moleküle meines Körpers schwebten frei im Raum.

Ganz allein wusch ich hingebungsvoll meine Wäsche.

Ich dachte: Was muß es für ein angenehmes Gefühl sein,

wenn die saubere Wäsche erst unter diesem klaren, blauen Himmel und in diesem strahlenden Sonnenlicht trocknet. Mit Mühe befestigte ich eine Schnur im Fenster des Hotels und hängte die nassen Kleidungsstücke wie Fähnchen nebeneinander auf.

Auch in Ägypten hatte ich meine Wäsche gewaschen, aber weil das nur mit dem gelblichen Wasser des Hotels möglich war, hatte ich das Gefühl, es geschah mehr um des Waschens willen. Hier aber konnte ich wirklich waschen. Ob nun Unterwäsche oder Strickjacke, aus allem floß eine gelbe Brühe. Sie hatte die Farbe des ägyptischen Sandes, des trockenen Windes und der Sonne dieses Landes.

Danach schüttete ich die bunten Steine, die ich für wenig Geld in Luxor gekauft hatte und denen ein Hauch von Imitation anhaftete, aus ihrem rauhen Beutelchen und betrachtete sie eingehend. In einer silbernen Fassung und entsprechend gestaltet könnten daraus prächtige Schmuckstücke im ägyptischen Stil entstehen, auch wenn sie eigentlich wertlos waren. Ich dachte daran, allen, mit denen ich diese Reise zusammen unternommen hatte, ein solches Schmuckstück zu schenken.

Die violetten, blauen und rosafarbenen Steine funkelten im Sonnenlicht und reflektierten seine Strahlen, als kämen sie vom Grund eines Flusses, der klares Wasser führt.

Eine Reise endet nicht abrupt auf dem Flughafen wie in einer Fernsehsoap.

Niemand sprach es aus, aber wir freuten uns darauf, »nach Hause« zu kommen und in unser gewohntes Leben zurückzukehren. Doch mit der gleichen Intensität machte sich auch ganz allmählich, kaum spürbar und vage eine traurige Abschiedsstimmung breit.

Man spürte sie bei jedem Schritt, sie legte sich über unsere vergnügten Gesichter und trübte die spätnachmittägliche Sonne.

Gegen Abend holte mich Yukiko auf einen Spaziergang in der Lobby ab. »Geh du dich nur mit den anderen amüsieren, Liebling, hat er gesagt und sich für was anderes entschieden«, erzählte sie. Schade, wir hätten uns noch ein bißchen weiter unterhalten können, dachte ich. Wie einen Duft, der im Herzen seine Spuren hinterläßt, würde ich seine angenehme Ausstrahlung zusammen mit der Erinnerung an das Morgenlicht in mir bewahren. »Wir haben uns in einem völlig übernächtigten Zustand voneinander verabschiedet, bestell ihm doch bitte einen schönen Gruß.« Als ich Yukiko darum bat, antwortete sie lachend: »Du, mach dir keine Sorgen. Ab morgen kann er mich jeden Tag sehen, und da ich auch etwas mit euch unternehmen möchte, sollten wir beide jetzt unbedingt mit dem Sightseeing beginnen.«

Es war noch hell, als wir die Via Condotti entlangschlenderten und uns Klamotten anschauten. Ein eigenartiges Gefühl. Weder Yukiko noch ich trugen jetzt die Baumwollsachen, die wir in Ägypten anhatten. Auch nicht die hinten völlig abgetretenen Latschen und den Schal, der uns vor den Sonnenstrahlen schützen sollte.

Wir waren in Schuhe mit Absatz geschlüpft, hatten uns ordentlich geschminkt und ein Jackett übergezogen. Und dann schauten wir bei Gucci, Prada und wie sie alle heißen vorbei und begutachteten kritisch, was dort angeboten wurde.

Trotzdem war dieses Etwas, das sich zwischen uns auf dieser Reise entwickelt hatte, war jene ägyptische Sonne auch jetzt noch zum Greifen nah.

Wir gingen zum Trevi-Brunnen, tauchten, wie die anderen Touristen auch, unsere Hände in sein Wasser, warfen eine Münze hinein und aßen ein Eis. Dann spazierten wir in der Abenddämmerung durch den Park der Villa Borghese und blickten von der Anhöhe aus auf die Stadt hinunter.

Als würde sich die Zeit still über die Stadt senken – das war die Abendsonne Italiens. Ihr transparentes Orange breitete sich ganz sanft über ihr aus. Hier kam der Abend so sämig wie Honig.

»Am Ende einer Reise ist man immer ziemlich erschöpft, stimmt's?« stellte Yukiko fest.

»Du hast recht, ich bin ganz schön müde. Und wir müssen auch noch das Flugzeug nach Japan nehmen!«

»Trotzdem, es war schön.«

»Ja, sehr schön.«

Nach einem langen Moment des Schweigens meinte Yukiko:

»Ich habe schon so oft darüber nachgedacht. Da unternimmt man nun diese unglaublich anstrengenden Reisen und macht so einiges durch. Man verbringt eine ganze Zeit zusammen mit anderen und findet sie schließlich doch ganz nett, obwohl man sie anfangs nicht leiden konnte. Manchmal ist man todmüde, bekommt Durchfall oder ist völlig euphorisch. Mal kommt es einem in den Sinn, dieser Reiserei endlich ein Ende zu setzen, dann wieder denkt man: Vielleicht sollte ich doch noch ein bißchen weiterziehen – geht dir das nicht so?«

»Vermutlich hast du recht. Aber du bist schon viel öfter verreist als ich, deshalb erlebst du so etwas wahrscheinlich auch häufiger.«

»Und jedesmal, sobald ich wieder zu Hause und dahin zurückgekehrt bin, wo ich hingehöre, denke ich dann: Ach, das war doch irgendwie eine wunderschöne Reise! Fast wie ein Traum! Auch dann, wenn alles schiefgegangen ist. Woran das wohl liegt?«

Yukiko dachte kurz nach und fuhr dann fort:

»Wenn ich sterbe, möchte ich das gleiche über mein Leben sagen können, bevor ich abtrete.«

Wenn unsere Reise diesmal ein Miniaturbild des Lebens war, als was läßt sich dann das Zuhause begreifen?

Während ich in diesen Gedanken vertieft weiterschlenderte und die Pflanzen im Park betrachtete, kamen uns auf einem kleinen Weg, über den bereits eine leichte Dunkelheit hereinbrach, Japaner entgegen… doch kaum hatte ich das gedacht, erkannte ich auch schon Takashi und Hideo.

»Du hast ja jede Menge eingekauft! Wir sind gerade erst aufgewacht und hatten nur ganz wenig Zeit!« rief Hideo und schaute auf die Tüten, die ich dabei hatte.

Doch auch er schleppte schon fast beängstigend viele Tüten von Armani und Gucci mit sich herum.

»Trotzdem habt ihr ganz schön zugeschlagen.«

Kaum hatte ich das gesagt, meinte Takashi:

»Es war wie in einer dieser Fernsehsendungen, wo man einen Gutschein gewinnen kann, mit dem man eine Stunde lang alles kaufen darf, was das Herz begehrt.«

»Wenn ihr irgend etwas vergessen habt, sagt mir Bescheid. Ich bringe es euch dann mit, wenn ich nach Japan komme«, bot Yukiko an.

»Yukiko, stimmt ja! Du fährst ja morgen gar nicht mit uns zurück! Komische Vorstellung«, sagte Hideo. Obwohl sie gar nicht so pathetisch waren, gingen mir seine Worte zu Herzen.

Im Angesicht dieser Szenerie, die sich stimmig zusammensetzte und menschliche Erhabenheit unverstellt zum Ausdruck brachte, schmolz meine eigene Geschichte zu einem Nichts zusammen, und ich fühlte mich bemitleidenswert kraftlos. Im Angesicht dieser Szenerie, die von einer zarten Kraft erfüllt war, kann man den Göttern nicht, wie in Äygpten, allein, nur mit der schwachen Energie des Individuums, gegenübertreten. Ohne die Hilfe der Eltern, der Großeltern und all derer, die dem vergleichbar sind, ist man hier nicht dazu in der Lage, Gott zu begegnen.

Wieder eine Facette menschlichen Seins.

Die mächtigen Steinbauten mit ihren Säulen und die runde Kuppel des Petersdoms verschwanden langsam hinter einem Schleier aus transparentem Orange und Blau. Die Nacht begann ihren langen Traum zu träumen.

Schweigsam setzten auch wir uns in Bewegung und steuerten direkt auf das betriebsame Stadtzentrum zu, um dort zu Abend zu essen.

Morgendämmerung und das Sonnenboot des Re

Vom Flugzeug aus, das uns nach Japan zurückbrachte, sahen wir eine Aurora. Hideo hatte sie als erster bemerkt, und weil er ein so unglaubliches Aufheben darum machte und sogar die Stewardess darauf ansprach, waren alle Passagiere, die in der abgedunkelten Maschine geschlafen hatten, aufgewacht, drückten ihre Gesichter an die Fenster und erblickten nun auch die ferne Lichterscheinung.

Als ich Hideo ermahnte: »Halt dich besser etwas zurück, du störst die anderen!«, meinte er übermütig: »Laß doch. Das muß schließlich jeder mal gesehen haben! Schau nur!«

Die Aurora wirkte wie ein weißer Spitzenvorhang, der am fernen Himmel flimmerte. Sie trieb still auf der Dunkelheit, die sich weithin erstreckte, und sah deshalb seltsam künstlich aus.

Takashi schwieg, sein Gesicht klebte am Fenster. Es spiegelte seine runden Augäpfel. Sie strahlten stille Freude aus und flehten darum, die Zeit möge stehenbleiben.

Die von seinem Atem beschlagene Scheibe – ein bedeutsames Bild.

Augenblicklich schnürten mir die wehmütigen Erinnerungen an unsere Reise die Kehle zu.

Wie oft war Takashis freudig erfüllte Erscheinung während dieser Reise wie ein von frischer Farbe glänzendes Bild in mein Blickfeld getreten, wie ein Geschenk. Darüber nachzudenken, was das zu bedeuten hatte, war mir mittlerweile unmöglich geworden.

Ich hatte viele neue Gesichtsausdrücke an Takashi kennengelernt, die er bisher niemandem gezeigt hatte. Furchteinflößende, die meinem Herzen einen tiefen Stich versetzten, und fröhliche, die es erstrahlen ließen. Doch gleichgültig, ob positiv oder negativ, ich hatte sie alle meiner Liste bisher bekannter Mienenspiele hinzugefügt und hielt es durchaus für möglich, daß mir bis zu dem fernen Tag, da Takashi und ich auseinandergehen würden, noch viel mehr solcher neuen Dinge begegnen würden.

Ohne ineinander zu verlaufen, türmten sich am Himmel Farbschichten aus Orange, Blau und Schwarz übereinander und bildeten Farbkombinationen, wie man sie von der Erde aus niemals sehen kann. Viel trauriger, viel intensiver – Farben aus einer Welt jenseits der Wolken.

Wenn die Menschen dort unten, tief unter dem Fenster, aus ihrer Betriebsamkeit nach oben sehen, dann erleben sie die Szenerie hier über den Wolken ganz anders. Sie wird zu etwas Schönem, etwas Vertrautem, zu einem Geheimnis der Natur, das den alltäglichen Gefühlen eine neue Färbung verleiht.

Ich erinnerte mich an die glückselige Geschichte, die Yukiko mir an einem Abend erzählt hatte, als wir nicht schlafen konnten.

Wenn ich sie mir heute noch einmal in Erinnerung rufe, treibt darin Yukikos Konterfei. Yukiko, die, wann immer sich die Gelegenheit bot, hingebungsvoll vom Totenreich der alten Ägypter erzählte.

Das zeigte mir, daß sich in meinem Inneren irgend etwas sanft auszubreiten begonnen hatte.

Etwas, das immer weiterwachsen und sich ungeprüft hinter dunklen Wolken sanft verbreiten wird.

Es war ein bescheidener Anklang jenes Zaubers, mit dessen Hilfe sich die Menschen zumindest ansatzweise gegen die Wägbarkeiten und Unwägbarkeiten eines Schicksals zur Wehr setzen können, das nur schwer zu ertragen ist.

»Die Totenseelen, denen es erlaubt war, das Sonnenboot des Re zu besteigen und mit ihm am Firmament entlangzuziehen, sahen den Ursprung einer bezaubernden Welt, als sie im Osten zum Himmel aufstiegen. Musik lag vibrierend in der Luft, alles war in ein Licht gehüllt, für das es keine Worte gab, und sie erkannten ganz deutlich, wie schön es auf der Erde war. Der See glänzte und funkelte im Licht, und die Wälder zeugten dem Himmel durch ihr anhaltendes Rauschen Respekt und Dankbarkeit. Alle auf der Erde verbliebenen Totenseelen hoben den Blick zum Sonnenboot des Re, und in ihren Gesichtern stand Freude geschrieben.

Die Totenseelen, die sich auf dem Schiff befanden, bildeten sich ein, sie selbst hätten die Welt erschaffen. Der Anblick, der sich ihnen bot, war so von Glück erfüllt, daß sie gar nicht anders konnten, als das zu glauben. Das Licht der Dankbarkeit, das von der Erde ausging, beschien lieblich das Boot des Re. Alles war schön, einfach nur friedlich, ewig und wiederholte sich grenzenlos… Eine solche

Verzückung können nur die Totenseelen nachvollziehen, die ganz von Körper und Zeit, die von allem befreit sind. Deshalb sehnen sich die Ägypter zeitlebens nach diesem Glück. Jedesmal, wenn ich beschlossen habe, in dieses Land zu reisen, verfalle ich der Vorstellung, irgendwann einmal in der Nähe des Nils zufällig eine so wunderschöne Landschaft mit eigenen Augen zu sehen. Doch wenn ich dann angekommen bin, erfüllt sich dieser Wunsch nie«, sagte Yukiko.

...Woran das wohl lag? Als ich diese Geschichte hörte, verspürte ich ein solches Glücksgefühl, als hätte ich sie selbst erlebt. Sie war zweifellos Sinnbild für das Glück aller Menschen, die zur Sonne hinaufschauen. Und sie spiegelte diese besondere Leidenschaft, die die Grundlage jeglichen Glücksempfindens ist.

Ich fragte mich, warum ich mir dieses Gefühls ausgerechnet, während ich das Licht der Morgendämmerung betrachtete und mich auf dem Weg nach Japan befand, so deutlich bewußt wurde. Seit meiner Geburt war es mir schließlich noch nie, auch nicht in Ägypten oder in Rom, je in dieser Form begegnet. Es war mir gleichgültig gewesen.

Ich hatte sogar den Eindruck, als hätte dieses Gefühl auf unserer Reise ganz allmählich und unbemerkt in meinem Körper zu keimen begonnen. Es kam mir sogar so vor, als hätte ich es von Geburt an die ganze Zeit in mir getragen. Oder noch deutlicher ausgedrückt: Ich hatte den Eindruck, daß ich es schon vor meiner Geburt in mir trug und selbst nach meinem Tod noch in mir tragen würde.

Körperlich waren wir ziemlich am Ende. Hideo und

Takashi neben mir waren eingeschlafen. Sie hatten eine ungesunde Gesichtsfarbe. Auch meine Haut pellte sich als Folge der vielen Sonne, und mir war, als würde ich jeden Moment einschlafen. Vielleicht sollte ich es tun. Kaum daß ich mich noch wachhalten konnte, kaum daß ich noch die harte Decke und den Luftdruckausgleich spürte. Die Müdigkeit umhüllte mich sanft, und die bleierne Last, die von ihr ausging, drückte auf meinen Körper.

Als ich die Augen aufschlug, waren wir in Japan.

Es wartete eine Menge angestauter Arbeit auf mich, Takashis Verfassung würde sich nicht wie durch ein Wunder verbessern, und wir hatten unser Testergebnis noch nicht abgeholt.

Auch dieser schwarze, bedrückende Klumpen, der bei jedem Blick, den ich Takashi zugeworfen hatte, in mir herangewachsen war, war noch längst nicht verschwunden. Wir hatten uns einfach treiben lassen, und dabei habe ich ihn die ganze Zeit mit mir herumgeschleppt. Von jetzt an würden sich die Ereignisse überschlagen, und wahrscheinlich würde es in meinem Leben und dem meiner Freunde weniger glückliche, unbeschwerte Momente geben als bisher.

Doch dann wird mir der vage Geruch der Zuversicht in die Nase steigen und wird alles weniger schlimm erscheinen lassen – so wie in Ägypten, als ich in einer Parfümerie den Duft einer frischen Blume geschnuppert hatte.

Vielleicht tröste ich mich nur damit. Trotzdem: ich habe ihn wahrgenommen.

Nachwort

Im Frühjahr 1995 bin ich gemeinsam mit Masayasu Ishihara vom Gentosha Verlag, Masumi Hara, der die Bilder gemalt, und Masahiro Yamaguchi, der die Fotos gemacht hat, dessen damaliger Sekretärin Akiko Kamoshita, meinem italienischen Übersetzer Alessandro Giovanni Gerevini, unserem Reiseleiter Akram Mostafa und meiner Sekretärin Nata de Hirokoko nach Ägypten gereist.

Vor uns liegt eine wunderschöne Reise, und ich werde Tagebuch führen. Keine Ahnung, ob dabei ein Roman herauskommen wird. Das war es in etwa, was mir durch den Kopf ging, bevor wir aufbrachen. Aber einen Schauplatz vom Kaliber Ägyptens in den Griff zu bekommen war nicht einfach. Ich erlitt einen solchen Schock, daß ich, die Schriftstellerin, beschloß, ich müsse einen Roman schreiben.

Diese Landschaft, aus der die Menschheit hervorgegangen ist, verfügte nämlich, wohin wir auch kamen, über eine eindringliche Autorität, die es nicht erlaubte, daß man sie ignorierte.

Vielleicht lag es daran, daß meine Energien nicht ausreichten, jedenfalls wollte es mir nicht gelingen, kraftvolle Charaktere zu zeichnen, die den Willen in sich trugen, dieser Landschaft zu trotzen. Und so entschied ich mich für einen Roman, der von den Gedanken seiner Protagonisten handelt, die zu nichts anderem fähig sind, als sich listig und dabei traurig in dieser Landschaft treiben zu lassen.

Da es die Orte der Handlung wirklich gibt, möge sie jeder, der sich angesprochen fühlt, besuchen.

Ganz besonders empfehle ich den ›Egyptian pancake‹. Mir passiert es selbst heute noch an sonnigen Tagen, daß ich denke: Jetzt würde ich gerne einen jener süßen Pfannkuchen essen, einen aus frischer Minze zubereiteten Pfefferminztee dazu trinken und dabei dem Treiben auf dem Bazar zusehen.

Das macht eine Reise aus, daß genau solche Erlebnisse ihre Spuren hinterlassen.

Wenn ich das mysteriöseste Ereignis dieser Reise benennen sollte, dann war es wohl der Traum von der Kapelle Thutmosis' III. im Tempel von Luxor, den ich kurz vor unserer Abreise nach Ägypten träumte und den ich nicht in dem Roman verarbeitet habe.

In diesem Traum sitze ich in der Morgendämmerung neben meinen Freunden auf einem weiten Feld. Als wir zum Himmel emporblicken, treibt ein riesiger, in Rot getauchter Wolkentempel aus dem fernen rosafarbenen Himmel auf uns zu und wechselt beständig seine Farbe. Welch majestätischer Anblick! Er war so schön, als handelte es sich um eine Szene aus dem Paradies.

Ich erinnerte mich noch genau an die außergewöhnliche Form der aus Wolken gebildeten Tempelsäulen und, was den Tempel selbst betraf, an die abweisende Erscheinung des Gebäudes. Beim Aufwachen dachte ich: Sollte das etwa Griechenland gewesen sein?

In Ägypten angekommen, war ich überrascht angesichts der vielen riesigen Tempelanlagen (ich wußte bis dahin lediglich vom Tal der Könige) und dachte: Das hat irgendwie nichts mit dem zu tun, was ich in meinem Traum gesehen hatte, denn die Säulen all dieser Tempel unterschieden sich deutlich von jenen.

Nur ein einziges Gebäude, die Kapelle von Thutmosis III., hatte eine andere Struktur und entsprach bis hin zu den Säulen in allem genau dem, was ich in meinem Traum gesehen hatte. Ich dachte: Sowas soll ja vorkommen. Auch heute noch regt mich die majestätische Schönheit des Tempels und die kühle und klare, reine Luft in meinem Traum zu neuen Ideen an, ich weiß nicht, warum. Irgendwann werde ich einen glücklichen Roman schreiben, der so erhaben und so erfrischend sein wird wie mein Traum. Wie schön wäre es, wenn mir damit ein Werk gelänge, das den Menschen Mut macht, so wie ich von meinem Traum ermutigt werde.

Ich bedanke mich bei Akram Mostafa und Tarek el Sayed von Naggar Tours of Egypt, die keine Mühen scheuten, uns durch Ägypten zu führen.

In Rom danke ich meinem Freund Giorgio Armitrano und Takuji Ohara, die mich herzlich empfangen haben.

In Japan wurde ich von vielen Freunden unterstützt, ihnen und auch meinen Lesern gilt mein aufrichtiger Dank.

Schließlich und vor allem geht mein Dank an das Land Ägypten und seine Gottheiten, das mir so viel Liebenswürdigkeit entgegengebracht und mir freimütig seine wunderbaren Errungenschaften vor Augen geführt hat.

Banana Yoshimoto

*Bitte beachten Sie
auch die folgenden Seiten*

Banana Yoshimoto im Diogenes Verlag

Kitchen

Aus dem Japanischen von Wolfgang E. Schlecht. Mit einem Essay von Giorgio Amitrano

Banana Yoshimotos Erfolg ist kein Geheimnis. Eine ganze Generation kann sich mit diesem Buch identifizieren. Es packt alle jungen Leute, die der Großstadt verfallen sind und zugleich mit ihrer Anonymität kämpfen. Es handelt von film- und fernsehbesessenen Jugendlichen, die sich im Slang der Comics ausdrücken. Von jungen Menschen, die lebenshungrig und zugleich voller unbestimmter Ängste sind.

»Die Qualität eines neuen Schreibens, einer an zeitgenössischer Lebenswirklichkeit geschärften literarischen Wahrnehmung läßt sich hier entdecken.«
Irmela Hijiya-Kirschnereit / Frankfurter Allgemeine Zeitung

»Seit Salingers *Fänger im Roggen* hat niemand mehr die Initiationsriten des Erwachsenwerdens so eindringlich beschrieben wie Banana Yoshimoto.«
Der Tagesspiegel, Berlin

N. P.

Roman. Deutsch von Annelie Ortmanns-Suzuki

Im Zentrum des Romans stehen junge Menschen voller Lebenshunger und Sehnsucht nach Liebe. *N. P.* ist Yoshimotos dichtester und vollendetster Roman. Er hat die Spannung eines Thrillers, aber die subtile Beunruhigung, die der bizarren, doch taghellen Logik des Unbewußten entspringt. Noch meisterhafter als in *Kitchen* gelingt es der jungen Autorin, die Verstrickungen von Jugendlichen in erotische Leidenschaften, ihre sexuelle Unruhe zu schildern.

»Was für ein Talent! Banana Yoshimoto schreibt wunderbar subtile, wundersam verstörende Bücher, in denen Japans Jugend endlich Stimme bekommt. *N. P.* erzählt von jenem schmerzlich-schönen Gefühlschaos, das wir mit gutem Grund ebenso fürchten wie herbeisehnen.« *Stern, Hamburg*

Tsugumi

Roman. Deutsch von
Annelie Ortmanns

Zwei Mädchen, die auf der Halbinsel Izu eine idyllische Kindheit verbracht haben, erneuern hier jeden Sommer ihre Freundschaft: die Ich-Erzählerin Maria und die wilde Tsugumi, deren Temperament nicht so recht zu ihrer fragilen Gesundheit passen will. Es ist der letzte Sommer einer engen Mädchenfreundschaft. Und auch die Inselidylle nimmt ein jähes Ende. Denn im Ort wird ein großes Hotel gebaut, das den Ruin der kleinen Gasthöfe bedeutet. Tsugumi lernt einen jungen Mann kennen, der im Ort heftig angefeindet wird. Er scheint der einzige zu sein, der das eigenwillige Mädchen zu erobern vermag. Aber die zarte Liebesgeschichte endet beinahe in einer Katastrophe.

»Tsugumis anarchischem Charme dürfte sich keine Generation entziehen können.« *Stefanie Mergehenn / Westdeutsche Allgemeine Zeitung, Essen*

Dornröschenschlaf

Drei Erzählungen von der Nacht

Deutsch von Annelie Ortmanns,
Gisela Ogasa und Anita Brockmann

Schlafsucht, Alkohol, geheimnisvolle Begegnungen – drei Geschichten von der Nacht und vom Wiedererwachen aus tiefem Schlaf. Junge Menschen in Krisensituationen, ausgelöst durch den Tod eines geliebten Menschen, oder aber die überwältigende große Liebe, die zugleich als große Einsamkeit empfunden wird.

»Banana Yoshimoto kann wunderbar lyrische Bilder evozieren, und sie ist eine Meisterin der versteckten Emotionen. Heiß und kalt abwechselnd und manchmal beides zugleich.« *Der Standard, Wien*

»Banana Yoshimoto beherrscht die Kunst, den Leser mit ein paar Sätzen in die Geschichte hineinzuziehen, so daß er in einer Art Trance weiterliest und sich ganz schnell in einer Welt befindet, die ständig zwischen Alptraum und Trost pendelt. Es besteht Suchtgefahr.« *Jochen Schimmang/Süddeutsche Zeitung, München*

Amrita

Roman. Deutsch von
Annelie Ortmanns

Wie in ihrem längst zum Kultbuch gewordenen Roman *Kitchen* ist *Amrita* die Geschichte einer ungewöhnlichen ›Wahl‹-Familie, zusammengehalten von der Trauer um einen geliebten Menschen. *Amrita* ist eine Odyssee durch die heftigsten Turbulenzen des Seelenlebens zu Selbstfindung und neuem Glück, und es ist vor allem eines: eine wunderschöne, poetische Hommage an das Leben.

»Eine Reise durch eine faszinierende Landschaft verletzlicher Seelen.« *Anita Pollak/Kurier, Wien*

»Ein warm-ironischer Lobgesang auf die kleinen Schönheiten des Lebens.« *Frankfurter Rundschau*

Sly

Roman. Deutsch von
Anita Brockmann

Takashi hat erfahren, daß er HIV-positiv ist. Seine Freunde, die Goldschmiedin Kiyose und der schwule Barbesitzer Hideo, denken nicht daran, ihn seinen trübsinnigen Gedanken zu überlassen. Sie überreden ihn zu einer Reise in ein Land, das wie kein zweites dazu bewegt, sich mit Leben und Tod auseinanderzusetzen: nach Ägypten, dem Land der mystischen Grabstätten und Reich der Toten. Und einem Land von überwältigender Schönheit und Lebenskraft.

»Yoshimoto kann wunderbar lyrische Bilder evozieren, und sie ist eine Meisterin der versteckten Emotionen. Heiß und kalt abwechselnd und manchmal beides zugleich.« *Ingeborg Sperl / Der Standard, Wien*

»Banana Yoshimoto erweist sich mit erzählerischer Raffinesse als Magierin der Gefühle zwischen Traum und Wirklichkeit, als exzellente Kennerin der komplizierten Seelen moderner Großstadtmenschen.«
Sabine Dultz / Münchner Merkur

Hard-boiled
Hard luck

Zwei Erzählungen
Deutsch von Annelie Ortmanns

›Hard-boiled‹ meint: sich in der Auseinandersetzung mit dem Tod, der Trauer, ein dickes Fell zulegen. Und ›Hard Luck‹: Wer kann behaupten, zu wissen, was Unglück ist und was Glück – wohl nur der Betroffene selbst.
Zwei poetische Erzählungen über die Schuld, aber auch die Unvermeidlichkeit des Verlassens. Und über die Kunst des Loslassens.

»In der Art, wie Yoshimoto ihre gebrochenen Helden in der schillernden Anderswelt ihrer Romane zur Katharsis führt, liegt die Sogkraft ihres Schreibens. Die Autorin versteht die Kunst, bei ihren popkulturellen Porträts verlorener Menschen zwischen den Zeilen Optimismus zu verbreiten.«
Steffen Gnam / Frankfurter Allgemeine Zeitung

»Banana Yoshimoto ist eine meisterhafte Geschichtenerzählerin. Die Sinnlichkeit ihrer Bücher ist subtil, verschleiert und ungewöhnlich stark.« *Chicago Tribune*

Paulo Coelho im Diogenes Verlag

Der Alchimist

Roman. Aus dem Brasilianischen von Cordula Swoboda Herzog

Santiago, ein andalusischer Hirte, hat einen wiederkehrenden Traum: Am Fuß der Pyramiden liege ein Schatz für ihn bereit. Soll er das Vertraute für möglichen Reichtum aufgeben? War er nicht zufrieden mit seiner bescheidenen Existenz? Santiago ist mutig genug, seinen Traum nicht einfach beiseite zu wischen. Er wagt sich hinaus und begibt sich auf eine Reise, die ihn nicht nur von den Souks in Tanger über Palmen und Oasen bis nach Ägypten führt, er findet in der Stille der Wüste auch immer mehr zu sich selbst und erkennt, was das Leben für Schätze bereithält, die nicht einmal mit Gold aufzuwiegen sind.

»Ein Märchen mit orientalisch-südländischem Charme, einfach und bezwingend in der Sprache, ein Seelenbalsam in unsicheren Zeiten. Hoffnungsvoller könnte ein Buch nicht sein.« *Focus, München*

»Paulo Coelho ist neben Gabriel García Márquez der meistgelesene lateinamerikanische Schriftsteller der Welt.« *The Economist, London*

Am Ufer des Rio Piedra saß ich und weinte

Roman. Deutsch von Maralde Meyer-Minnemann

Sie waren Jugendfreunde, ehe sie sich aus den Augen verloren. Elf Jahre später treffen sie sich in Madrid bei einem Vortrag wieder: sie, eine angehende Richterin, die das Leben gelehrt hat, vernünftig zu sein und sich nicht von Gefühlen mitreißen zu lassen; er, Weltenbummler und undogmatischer Seminarist, der vor seiner Ordination Pilar noch einmal wiedersehen will. Beide verbindet ihr Drang, aus ihrem sicheren Leben auszubrechen und ihre Träume zu wagen. Der Weg dahin ist lang, voller Durststrecken und kostet Überwindung: Überwindung der Angst, sich hinzugeben, der Schuldgefühle, der Vorurteile. In einem kleinen Dorf in den Pyrenäen offenbart sich ihnen eine Wahrheit, die ihre Sehnsucht und Leidenschaft übersteigt.

»Paulo Coelho schreibt in seinem Buch über die feminine Seite: die Fähigkeit, Zeichen zu lesen und Liebe einzusetzen, wo Männer Waffen gebrauchen.«
Alexandra Lautenbacher/Die Welt, Berlin

Der Fünfte Berg

Roman. Deutsch von
Maralde Meyer-Minnemann

In *Der Fünfte Berg* erzählt Paulo Coelho in einfacher, moderner Sprache die Geschichte des Propheten Elia, die wir alle kennen, so wie wir sie nicht kennen. Er versetzt uns 3000 Jahre zurück ins Jahr 870 v. Chr., als Gott Elia befahl, Israel zu verlassen und nach Phönizien ins Exil zu gehen. Damit aus dem Exil eine Heimat wird, muß zuerst eine Stadt untergehen, Elia sich verlieben und – mit und gegen seinen Gott – um seine Selbstbestimmung ringen.

»Mit *Der Fünfte Berg* tritt Paulo Coelho erneut den Beweis an, daß er ein wunderbarer Erzähler ist.«
Norddeutscher Rundfunk, Hannover

Der Wanderer

Geschichten und Gedanken

Deutsch von Maralde Meyer-Minnemann
Ausgewählt von Anna von Planta

Über das Wagnis der Liebe, über Angst und Mut, die Macht der Gewohnheit und das Risiko des eigenen Weges, über Moralisten und Doktrinäre, über Schönheit, Wunder und verlorene Söhne.

»Paulo Coelho ist Literatur als Zauber des Wesentlichen.« *Norddeutscher Rundfunk, Hamburg*

Auf dem Jakobsweg

Tagebuch einer Pilgerreise nach Santiago de Compostela

Deutsch von Maralde Meyer-Minnemann

Der 700 km lange Pfad von den Pyrenäen bis nach Santiago de Compostela, der letzte Abschnitt des sogenannten Jakobswegs, galt im Mittelalter neben den Wallfahrten nach Rom und Jerusalem als wichtigster Pilgerweg. Diesen langen Weg durch die rauhen, leeren Landschaften Nordspaniens ging im Sommer 1986 auch Paulo Coelho. In diesem sehr persönlichen ›Tagebuch‹ erzählt er von Abenteuern, Strapazen und spirituellen Prüfungen.

Unterwegs

Geschichten und Gedanken

Deutsch von Maralde Meyer-Minnemann
Ausgewählt von Anna von Planta

Über die Kunst zu lieben und die noch größere Kunst, geliebt zu werden, vom Umgang mit Schwierigkeiten und mit der Einsamkeit sowie vom munteren Drauflosleben.

»Paulo Coelhos Beobachtungen und Reflexionen, Träume und Visionen machen Mut, auf die eigene innere Stimme zu hören.« *Südkurier, Konstanz*

Veronika beschließt zu sterben

Roman. Deutsch von Maralde Meyer-Minnemann

Veronika, die schwarzhaarige junge Slowenin mit den grünen Augen, träumt von einer Pianistenkarriere. Doch sie hat ihren Lebenstraum einem ereignislosen Alltag im Nachkriegs-Ljubljana geopfert, ohne Herausforderung, ohne Risiko, ohne Passion. Eines Morgens beschließt sie, diesem Leben ein Ende zu machen. Doch die Überdosis Schlaftabletten befördert sie nicht, wie erhofft, in den Tod, sondern in eine Irrenanstalt. Als sie erwacht, teilen ihr die Ärzte mit, sie sei herzkrank und habe nur noch wenige Tage zu leben. Angesichts des Todes lernt Veronika nicht nur zu überleben, sondern mit allen Fasern zu leben: Binnen weniger Tage durchmißt sie, umgeben von ihren Mit-Patienten, alle Höhen und Tiefen des Lebens, beginnt für ihre Zukunft zu kämpfen und verliebt sich zum ersten Mal.

»Coelho erzählt von elementaren Erfahrungen, und die Leser erkennen sich darin wieder: mit ihren Schwächen und Ängsten ebenso wie mit ihren Sehnsüchten und Träumen. Sein neues Buch, sagt Coelho, handle vor allem ›vom Recht, anders zu sein. Ich wollte zu meinen Lesern und zu mir davon sprechen, wie wichtig es ist, ein paar Kämpfe durchzustehen – nicht als Opfer, sondern als Abenteurer‹.«
Rainer Traub / Der Spiegel, Hamburg

Handbuch des Kriegers des Lichts

Deutsch von Maralde Meyer-Minnemann

Ein Krieger des Lichts glaubt.
Weil er an Wunder glaubt, geschehen auch Wunder. Weil er sich sicher ist, daß seine Gedanken sein Leben verändern können, verändert sich sein Leben. Weil er sicher ist, daß er der Liebe begegnen wird, begegnet ihm diese Liebe auch.
Manchmal wird er enttäuscht, manchmal verletzt.
Und dann hört er Kommentare wie diesen: »Wie naiv er doch ist!«
Aber der Krieger weiß, daß es sich lohnt. Für jede Niederlage gibt es zwei Siege. Alle, die glauben, wissen das.

Das *Handbuch des Kriegers des Lichts* erzählt von elementaren Erfahrungen, von Grenzgängern und Suchenden. In gleichnishaften Geschichten und Maximen aus drei Jahrtausenden zeigt Paulo Coelho den mutigen Umgang mit sich selbst, mit Konflikten und schwierigen Lebenssituationen.

»Coelho wendet sich mit seinen Büchern an erwachsene Menschen in einer hektischen Welt, die ständig Gefahr laufen, das Wesentliche aus den Augen zu verlieren. Er erzählt in einer klaren Sprache. So entsteht Literatur, die nicht verstört oder beunruhigt, sondern Harmonie verbreitet.«
Cornelia Geißler / Berliner Zeitung

Der Dämon und Fräulein Prym

Roman. Deutsch von
Maralde Meyer-Minnemann

Ein Ort in den Pyrenäen, gespalten von Habgier, Feigheit und Angst. Ein Mann, der von den Dämonen seiner schmerzvollen Vergangenheit nicht loskommt. Eine junge Frau auf der Suche nach ihrem Glück. Sieben Tage, in denen das Gute und das Böse sich einen erbitterten Kampf liefern und in denen jeder für sich entscheiden muß, ob er bereit ist, für seinen Lebenstraum etwas zu riskieren und sich zu ändern.
Mit diesem Roman schließt Coelho seine Trilogie über Liebe *(Am Ufer des Rio Piedra saß ich und weinte)*, Tod *(Veronika beschließt zu sterben)* und Macht *(Der Dämon und Fräulein Prym)* ab – drei große Antriebskräfte, die das Leben dreier Frauen in nur sieben Tagen grundlegend verändern.

»*Der Dämon und Fräulein Prym* ist ein Roman über Veränderungen, die auch den Leser am Ende verändert zurücklassen.« *Corriere della Sera, Mailand*

»Paulo Coelho ist der Meister der Sinnsucher-Fabeln.«
Der Spiegel, Hamburg

Elf Minuten

Roman. Deutsch von
Maralde Meyer-Minnemann

Es war einmal eine Prostituierte namens Maria ... Maria ist eine junge Stoffverkäuferin aus einem brasilianischen Dorf. Ihre ersten unschuldigen Flirts lassen sie mit gebrochenem Herzen zurück. Die Liebe ist für sie »etwas Schreckliches, das nur Unglück bringt«, und sie ist überzeugt, daß sie nie die große Liebe finden wird. Ein Zufall verschlägt sie nach Genf, wo sie von Reichtum und einer Traumkarriere als Sambatänzerin träumt, sich aber als Prostituierte in einem Nachtclub durchbringen muß. Sie tut es ohne Scham, denn ihr Herz ist nicht dabei, und wie ihre Freier verfällt sie mehr und mehr einer dunklen Obsession: Sex. Da begegnet sie einem jungen Maler, der ihre zynische Weltsicht ins Wanken bringt und in den sie sich allen Vorsätzen zum Trotz verliebt. Maria muß sich entscheiden, ob sie den Mut hat, sich ihren Vorurteilen zu stellen und über eine intimere, spirituellere Form der Erotik die Liebe neu zu entdecken und ein anderes Leben zu wagen.

»Es gibt Bücher, durch die entdeckt man neue Welten. Und es gibt Bücher, durch die entdeckt man sich selbst. Und ganz selten gibt es manchmal ein Buch, durch das man neue Welten in sich selbst entdeckt. Paulo Coelho schreibt solche Bücher.«
Veronica Ferres

Bekenntnisse eines Suchenden

Juan Arias im Gespräch mit
Paulo Coelho

Aus dem Spanischen von
Maralde Meyer-Minnemann

Paulo Coelhos Leben liest sich wie einer seiner Romane: Dreimalige Zwangseinweisung in die Psychiatrie · Erfolgreicher Pop-Poet libertärer Songtexte ·

Dreimalige Verhaftung und Folterung durch die brasilianische Militärjunta · Experimente mit verschiedensten Weltanschauungen von Hare Krishna bis Schwarzer Magie · Mit 34 Jahren: finanzielle Unabhängigkeit, Weltreise · Wanderung auf dem mittelalterlichen Pilgerpfad nach Santiago de Compostela – die spirituelle Erfahrung geht ein in die ersten Bücher *Auf dem Jakobsweg* (1987) und *Der Alchimist* (1988) · Der Rest ist Legende.
In seiner direkten, schmucklosen Sprache zeichnet Coelho hier ein Leben, das sich in vielen Abwegen und Abkürzungen verlief, ehe es seine eigene Reiseroute fand – jene zu sich selbst.

»Die Achterbahn seines eigenen Lebens schildert Paulo Coelho dem spanischen Journalisten Juan Arias ohne Filter in einem erstaunlich offenen Gespräch: Bekenntnisse eines Suchenden. Coelhos Welterfolg wurde möglich, weil er die traumatischen Erlebnisse und Rückschläge und die Glücksmomente seiner Biographie zu einer denkbar konzentrierten Botschaft verdichtet und gedichtet hat: ›Folge deinen Träumen.‹« *Rainer Traub/Der Spiegel, Hamburg*

Connie Palmen im Diogenes Verlag

Connie Palmen, geboren 1955, lebt in Amsterdam. Ihr erster Roman *Die Gesetze* war »ein erfrischendes Debut« (*The Independent*, London) und wurde zum internationalen Bestseller und Kultbuch der neunziger Jahre. Auch ihr zweiter Roman *Die Freundschaft* wurde weltweit ein großer Erfolg. *I. M.* schließlich ist Connie Palmens bewegende Auseinandersetzung mit einer großen Liebe und einem Tod, der sie selbst fast vernichtet hat.

»Es ist selten, daß jemand mit soviel Ernsthaftigkeit und Witz, Offenheit und Intimität, Einfachheit und Intelligenz zu erzählen versteht.«
Martin Adel / Der Standard, Wien

»Lebendige und gewitzte Erzählkunst paart sich mit feinsinnigen Reflexionen über die großen Themen Liebe, Tod, Sucht und Lebenshunger.«
Leonhard Fuest / Max, Hamburg

Die Gesetze
Roman. Aus dem Niederländischen
von Barbara Heller

Die Freundschaft
Roman. Deutsch von Hanni Ehlers

I. M.
Ischa Meijer – In Margine, In Memoriam
Deutsch von Hanni Ehlers

Die Erbschaft
Roman. Deutsch von Hanni Ehlers

Ganz der Ihre
Roman. Deutsch von Hanni Ehlers